KB008466

빈
빈

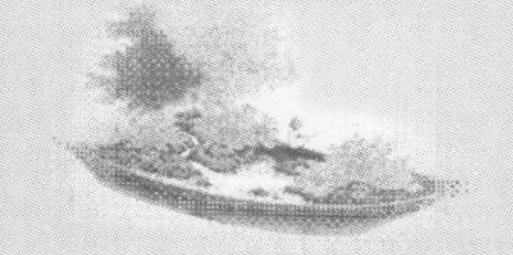

국립중앙도서관 출판도서목록(CIP)
빈빈 : 논어에세이 / 지은이: 류창희. -- 서울 : 선우미디어
, 2014
p. ; cm
한자표제: 彬彬
2014년 부산문화재단 지역예술지원창작지원사업의 일부지원
으로 시행됨
ISBN 978-89-5658-382-2 03810 : ₩12000
논어(사서)[論語]
148.3-KDC5
181.09512-DDC21 CIP2014037977

논어에세이

빈빈(彬彬)

1판 1쇄 발행 | 2014년 12월 24일
1판 2쇄 발행 | 2015년 03월 20일

지은이 | 류창희
발행인 | 이선우
펴낸곳 | 도서출판 선우미디어
등록 | 1997. 8. 7 제305-2014-000020호
130-100 서울시 동대문구 장한로12길 40, 101동 203호
☎ 2272-3351, 3352 팩스: 2272-5540
sunwoome@hanmail.net

값 12,000원

부산광역시 BUSAN METROPOLITAN CITY
부산문화재단 BUSAN CULTURAL FOUNDATION

본 도서는 2014년 부산문화재단 지역예술지원창작지원사업의 일부지원으로 시행됩니다.

ISBN 89-5658-382-2 03810

논어에세이

류창희 지음

彬彬

선우미디어 sunwoomedia

국궁(鞠躬)

오래전 전화 한 통을 받았다.

M방송사에서 명사 특강 '논어' 20회분을 맡아달라고 했다.

자신감이 없었다. 부족한 사람이라고 거듭거듭 말했다. 겸손한 태도라고 여겼는지, 수업내용 비디오를 갖고 있어서 다 보고 부탁하는 것이니 걱정 안 해도 된다고 했다. 그 당시 나는 시립도서관 일곱 군데에서 명심보감, 소학, 논어 등의 강의를 하고 있었다.

그러나 기회는 늘 오지 않는다. 그 이후로 '그때, 그런 일이 있었지.' 시간이 지날수록 첫사랑처럼 혼자 그리워한다. 그 당시의 심정을 적어놓은 메모를 발견하는 순간, 논어를 써야겠다는 생각을 했다. 그때보다 조건이 나아진 것은 없다. 그러나 아직도 요일마다 오전 오후로 현장에서 강의하고 있으니, '논어를 손에서 놓기 전에' 써야겠다는 조바심이 생겼다.

공자께서는 학문에 뜻을 두는 나이를 지학(志學, 15세)이라 한다. ≪논어≫를 강의한 지 어언 18년이다. 그동안, 시민을 대상으로 논어 본문을 한 글자도 빠짐없이 "자~왈" 소리 내어 읽고 있다.

내가 쓰는 논어는 내 가족 내 이웃 내 고장 사람들의 이야기, 이른바 '수다 논어'이다. 보잘것없는 한 아낙의 관혼상제(冠婚喪祭), 혹은 사람 사는 이야기가 유학을 연구하는 학자(學者)들에게 누가 되지 않기를 바란다. 내가 공자님을 저버리지 않는 한, 공자님은 절대 나를 버리지 않을 것을 믿으며 서문을 올린다.

'논어의 군자상을 닮은 넓고 깊은 작가가 되길' 기도하신다는 해인 수녀님, '내가 이야기할 수 없는 것은 진정한 내 것이 아니다. 내가 이야기할 수 있는 것만이 내 것이다.'라며 치닫는 나의 감성을 조율해 주는 빙호님, 아울러 한자 섞인 원고를 수락해준 선우미디어와 나의 사랑하는 가족들에게 감사하다.

〈논어, 에세이〉 원고를 탈고하면서, 이제야 본격적으로 논어 읽을 구실을 찾는다.

2014년 12월 哉生魄

작은쌈지 도서관에서

柳昌熙 鞠躬

| 차례 |

彬彬

2 산행도나무꽃이여

3 학운에 중독되다

4 미친놈과 고집 센 놈

5

원숭이 똥구멍

彬彬

1

생색내다

彬彬

고전의 향기

— 박문약례(博文約禮)

아카시아 향이 짙다. 이런 계절에는 선산이 삼태기처럼 마을을 싸안은 고향에 가고 싶다.

벼슬의 행세와 큰 부자가 없는 고만고만한 동네지만 울안엔 복숭아 앵두 살구꽃이 피고, 개울에는 송사리와 붕어 가재 등이 노닐었다. 누에치고 산나물하고 도토리 줍고 보리와 밀이 문채를 이룬 밭고랑에는 꽃다지와 냉이가 우리들의 봄을 즐겁게 했다. 낮에는 뻐꾸기, 밤에는 접동새가 울었다.

사랑채에서는 할아버지의 특유한 가락으로 "자~왈" 책 읽는 소리가 끊이지 않았다. 구성진 음률은 기품이 서려 지엄했다. 글 읽는 소리를 들으면 왠지 가슴이 설렜다. '나도 언젠가 저렇게 글을 읽으리라.' 마음먹었다. "어험!" 하얀 수염을 쓸어내리는 자태와 깔깔하게 푸새한 모시 두루마기에선 한 올 흐트러짐 없는 선비의 모습이 보였다.

궁색한 살림에 장작은 고사하고 솔가지로 불을 지피면 아궁이가 눈물을 말려주었다. 그림같이 단조로운 그 모습에선 어떤 아련함이 수묵처럼 번졌다. 메주가 뜨는 냄새와도 같고 밭두둑에 두엄냄새와도 같고 누룩이 발효되는 냄새와도 같은 토속적인 분위기가 어쩐지 답답했었다. 그 냄새가 세월과 함께 버무려져 맛있는 된장이 되고, 거름이 되고, 조상에게 올리는 청주가 되는 것을 미처 알지 못했었다.

그때, 내가 냄새라고 여긴 그 향이 사무치게 그리워 나는 지금 논어를 읽는다. 그 정서에는 도덕이 있고 예가 담겨 있다. 그 힘은 무엇일까. 기질이라고 하자. 그렇다고 선비가 읽던 경전들이 운치가 있고 멋스러운 것만은 아니다. 어제만큼도 나아감이 없는 공부가 힘이 들어 마음이 탄다. 하루아침에 익혀지는 것이 아니다. 문(文)과 질(質)이 생활에서 곰삭아야만 제 맛이 우러난다.

옛날 어르신들이 계시던 '사랑방' 문화가 그립다. 그 속에는 길손들의 해학과 풍류와 손님을 접대하는 질서가 있었다. 서책에는 군자의 행실이, 규방의 풍습이, 성현들의 지혜가, 건강한 양생법이 있다. 한 문장 문장이 박제되어 책 속에 인쇄된 글자로 머물지 않는다. 때론 넘치고 때론 모자라고 때론 포기하고도 싶다. 그러나 알맞은 그릇에 담아 잘 삭히면 사람에게서도 묵향(墨香)이 난다.

예전처럼 한복을 입고 번거로운 예의 절차로 돌아가고 싶은 것은 아니다. 널리 배우되 예를 간략하게 실천할 수 있는 박문약례(博文約禮)의 지혜를 얻고 싶음이다.

> 공자, 가라사대. "군자는 글을 널리 배우되 예로써 단속해야 한다. 그래야 비로소 도에서 어긋나지 않을 것이다."
> 子曰, 君子博學於文 約之以禮 亦可以弗畔矣夫 - 옹야편

오늘, 한 손녀딸은 할아버지의 책 읽는 소리를 흉내 내며 고전의 향기를 맡는다.

생색내다

— 걸혜(乞醯)

"함 사세요."

신랑 친구들의 왁자지껄 외치는 소리가 어둠을 타고 올라왔다. 앞집 꽃잎이네가 함 받는 날이다. 같은 아파트 단지 내에서의 혼사이니 함을 팔러 오는 거리가 지척이다. 대서양을 건너오는 것도, 예전의 나처럼 서울과 부산을 오가는 것도 아니다.

나는 함진아비와 신랑 친구들이 신부집으로 빨리 들어오도록 하는 가상한 소임을 자처했다. 아들 뻘이 되는 젊은 친구들의 옷소매를 붙잡고 애교 실랑이를 펼쳤다. 뺑덕어멈이 따로 없다. 이웃의 소음신고를 받지 않으려면 남정네들을 잘 구슬려야 한다. 한 계단 한 계단씩 22층까지 돈 봉투를 즈려밟고 밀고 당기는 촌극 없이 초고속 엘리베이터로 올라왔다.

누가 나에게 부탁이나 했나. 괜히 혼자 들떠 바쁘다. 그뿐인가. 신부집 부엌으로 들어가 혹시 빠진 것이 없나 하고 살피는데 횟거리에 고추냉이는 있으나 간장이 모자란다. 초고추장과 쌈장이 있으니 간장소스는 꼭 없어도 된다. 그러나 나는 이왕이면 잘 갖추는 걸 보고 싶었다. 얼른 집으로 와 보니 우리 집에도 간장이 떨어졌다. 없다고 솔직하게 말하면 될 걸, 아랫집으로 뛰어 내려갔다. 아랫집 아주머니가 간장을 건네주며 "나는 초대 안 하고…" 서운해하는 기색이 역력하다. 물론 나도 초대받지 않았다. 그냥 쳐들어간 것이다. 요즘, 누가 함 받는 것을 반상회에 공지하겠는가.

공자, 가라사대. "누가 미생고를 정직하다 했는가? 어떤 사람이 그에게 식초를 얻으러 가니 그 이웃에서 빌어다가 주었다."
子曰 孰謂微生高直 或 乞醯焉 乞諸其隣而與之 - 공야장편

미생고는 노(魯)나라 사람으로 평소에 정직하다는 이름이 있는 자다. 그는 어느 여인과 다리 밑에서 만나자고 약속을 했다. 그러나 그 여인은 오지 아니하고, 때마침 강물이 불어나자 나무다리 들보를 껴안고 하염없이 기다리다 고지식하게 죽은 사람이다. 그것이 진정한 정직인가. 어떤 사람이 식초를 빌리러 왔을 때 자기 집에

없으므로 이웃집에서 빌어다가 준다. 공자께서 이를 보고 뜻을 굽혀 남의 비위를 맞추고 아름다움을 빼앗아 생색을 낸 것을 기롱하신 것이다. 식초가 비록 작은 물건이기는 하나 솔직하지 못함은 크다. 옳은 것은 옳다고 하고 그른 것은 그르다 하며, 있으면 있다고 하고 없으면 없다고 하는 것이 바른 것이다.

나는 날마다 손발이 바쁘다. 왜 그런가. 남의 일로 곳곳을 넘나들며 어진 사람의 인(仁)을 빌리러 다닌다. 내가 꽃잎이네를 특별히 좋아하기 때문이라며 이 핑계 저 핑계 다 갖다 붙여도, 결국은 남의 집 간장을 빌려다 혼자 '좋은 사람'이라는 칭찬은 들은 셈이다.

이웃에 누가 사는지도 모르는 요즘 세태에 어쩌면 현대인에게 꼭 필요한 덕목(德目)이라고 말할지도 모르겠다. 그러나 아무리 그렇더라도 도움을 청하지도 않았는데 먼저 나서는 것 또한 명예욕의 시발점이다.

호시절

— 시재시재(時哉時哉)

스승 공자와 제자 자로가 산책을 한다. 처음에는 청년과 소년으로 만났지만 이미 같이 늙어가는 노년이 되었다. 산골짜기 교량에서 새가 노닌다. 새들의 지저귐이 정겹다. 입춘도 지났으니 곧 파릇파릇 새싹이 움트고 연분홍 꽃잎이 휘날릴 것이다.

아내 안(顔)씨와 아들 리(鯉)를 고향에 두고 청운의 푸른 꿈을 안고 제자들과 이 나라 저 나라 떠돌았다. 주유열국(周遊列國)을 하던 공자가 고희(古稀)가 다 되어 제자들과 고향에 돌아온 것이다. 질풍노도와도 같은 세월 속에 정의(正義) 실현을 위해 달렸다. 당시 사람들은 공자와 그의 제자들 행색을 보고 '상갓집 개'와 같다고 비아냥거렸다. 그동안 고단했던 여정, 그 무엇을 위하여 긴 시간을 에둘러 왔는지. 지나간 세월은 오래고 남은 시간은 짧다. 순간마다 온 힘을 다했기에 딱히 통탄할 일이야 없지만, 뒤돌아보면 아쉬움인들 왜 없겠는가. 훗날, 공자가 인류의 스승이 되어 성인(聖人)의 목탁(木鐸)이 되리라고는 아무도 짐작하지 못했다.

세월이 이미 빗겨나간 화살촉 같기만 하다. 공자는 흐르는 물소리에 마음을 실어 청년 시절로 돌아가 본다. 물가에 버들강아지 통통하게 물오른 모습을 보니, 저절로 얼굴이 발그레 달아오르던 소녀가 떠오른다. 호젓하게 개울가를 건던 소녀의 이름을 불러보는데 휘파람소리만 애잔하게 들려온다. 누가 이리도 내 마음을 대신하여 아름다운 노래를 불러주는고. 바람결에 마음이 일렁인다. 소리 나는 곳을 바라보니 새 한 쌍이 날아와 도화 빛 놀음에 해 기우는 줄 모른다. 감흥만 번다하지 이미 마른 눈가에서 주책없이 눈물이 흐른다. 내게도 저런 시절이 있었는데…, "좋은 시절이로고, 좋은 시절이로다!" 절로 춘흥에 도취하여 꽃 신음이 나온다.

늙은 제자는 귓가에 어렴풋이 들려오는 선생님의 목소리에 '좋은 시절이라고? 뭐가 좋은 때란 말인가?' 아직 바람이 차고 들판은 황량한데, 우리 선생님은 뭘 그리 좋다 하시는고? 퍼뜩 졸음을 쫓으며 눈을 뜨니, 눈앞에 오동통한 까투리 한 쌍이 있다. 동작 빠른 자로는 순간을 놓칠세라 주살을 힘껏 당겼다.

'새는 죽을 때에 가장 아름다운 소리를 낸다' 더니 사랑의 세레나

데가 마지막 곡이 되고 말았다. 커튼콜을 하기에는 이미 늦었다.

> 새는 사람의 기색을 살피고 날아 올라가 빙빙 돌다가 다시 내려와 앉는다. 공자, 가라사대. "산골짜기의 암꿩이여, 좋은 때로구나, 좋은 때로구나!" 하셨다. 자로가 그 꿩을 잡아 올리자, 공자께서 세 번 냄새를 맡고 일어나셨다.
>
> 色斯擧矣 翔而後集 曰 山梁雌雉 時哉時哉 子路共之 三嗅而作
>
> – 향당편

아군과 적군을 분간하지 못하여 나라를 쓰러뜨린다더니, 연정을 품어 본 적이 없는 투박한 사나이 자로가 청춘을 쓰러뜨렸다. 로미오와 줄리엣처럼 가문이 생사로 갈라놓은 것이 아니다. 새에게 혹여라도 잘못한 일이 있다면 인간 앞에서 사랑을 한 죄밖에 없다.

탓해 무엇하랴. 자로의 병통이라면 지나치게 단순 명료한 것이다. 평생 의리 하나로 올곧게 선생님의 안위만 걱정했을 뿐이다. 따사로운 봄 햇살에 꾸벅꾸벅 눈꺼풀이 천근만근 내려오던 참이었다. '그래, 바로 이때가 좋기는 좋지, 새싹이 움트기 직전이 몸보신 시기로는 딱 알맞는 구먼.' 인정(仁政)이고 덕치(德治)고 부귀영화가 무슨 소용이람. 건강이 최고라는 걸 우리 선생님은 이제야 깨달으신다며, 과감한 자로답게 단번에 새를 명중시켰다.

느닷없는 화살에 단말마의 비창(悲愴)이 천지를 뒤엎었다. 운우지정(雲雨之情)을 나누던 새의 혼령은 재빠르게 하늘로 올라갔다. 겨울잠에 들었던 풀벌레와 다람쥐 토끼들이 깜짝 놀라 깨어나고, 개울가의 나무들 봄물을 머금는다. 이 긴급한 비상상황을 일러 사람들은 '꽃샘바람'이라고 했다. 더러는 기절하고 더러는 떨어지고 치솟아 오르며, 삽시간에 봄의 전령사들이 봄소식 전하기에 바쁘다.

새 울음소리 골짜기마다 비보를 메아리로 전하니, 먼 산 진달래꽃 앞다투어 붉은 조등(弔燈)을 켰다. 산에 오른 사람들은 그 사실을 알지 못하니, 꽃을 보며 "봄이 왔네, 봄이 와! 숫처녀의 가슴에도~♬" 환호한다. 가수 박인희는 골목마다 다니며 "산너머 조붓한 오솔길에 봄이 찾아 온다네/ 들너머 뽀얀 논밭에도 온다네/ 아지랑이 속삭이네 봄이 찾아 온다고~♬" 봄 노래를 부른다.

공자님이 얼른 새에게 다가가 코를 대보았다. "에구~" 이미 숨소리 잦아들었다. 동(冬)장군도 임무교대를 마치고 땅속으로 들어갔다. 노 스승은 죽은 새 앞에 옷깃을 여미며 "가자! 자로야, 아직 바람이 차구나!" 공자와 자로는 동네 어귀를 돌아 서둘러 춘추전국시대(春秋戰國時代)로 돌아갔다.

세상은 온통 봄, 봄봄, 봄이다.

으악새 슬피 운다

— 조지장사(鳥之將死)

새가 죽으려 하면 그 울음소리가 애처롭고, 사람이 죽으려 하면 그 말이 착해지느니라.

鳥之將死 其鳴也哀 人之將死 其言也善 - 태백편

시냇가에서 우는 물수리 새여! 예나 지금이나 짝짓기소리는 애절하다.

옛날 윗마을에 배고픈 며느리가 있었다. 먹을 것이 오죽이나 귀했으면 나무 이름에 이팝나무 조팝나무가 있을까. 진달래꽃으로 시름을 달래고 아카시아 꽃을 훑어 꽃밥을 해먹던 시절이다. 궁색한 눌은밥도 숭늉도 아까워 솥까지 빼앗긴 며느리는 굶어 죽었다. 며느리는 죽어서도 배곯은 설움을 토해낸다. 밤마다 마을 어귀에 나타나 부엌 쪽을 바라보며 "솥줘, 솥줘" 울었다. 그 후, 사람들은 새 이름을 '소쩍새'로 불렀다. 소쩍새가 울 때마다 진달래꽃이 한 송이씩 피어난다 하여 일명 '두견새'라고도 한다.

아랫마을 초가 단칸방에 아들 내외와 홀시어머니가 살았다. 새댁이 서방님을 기다리며 점심을 준비한다. 새벽부터 나무하러 간 낭군님은 낫을 잊고 나간 척, 낫을 찾으러 들어오고, 그 틈새를 놓칠세라 밭에 나간 시어머니는 부지런히 호미를 찾으러 뒤따라 들어온다. 새신랑은 바쁘기가 이만저만이 아니다. 급한 마음에 늘 새댁의 옷고름은 풀지도 못한 채 속곳부터 벗기려 했다. 바쁜 마음에 덩달아 숨을 참아 들이마시다가 함께 내뿜지 못해 새댁이 그만 죽고 말았다. 죽은 새댁은 대낮이면 시어머니가 일하는 밭머리에 찾아와 "벗고, 벗고" 옷을 벗고 나누지 못한 운우지정(雲雨之情)의 설움을 토해내어 '뻐꾹 뻐꾹' 뻐꾸기가 되었다. 뻐꾸기가 울고 간 자리에는 한 맺힌 핏빛 엉겅퀴 꽃이 피었다. 엉겅퀴 꽃 이름을 '뻐꾹채'라고 부른다.

논두렁 밭두렁에 피어나는 꽃과 꽃 사이에서 우는 새는 사연도 많다. 새의 애절한 울음소리는 평생 참고 살았던 한(恨)풀이 가락일 것이다.

어찌 사람을 새에 견줄까마는, 죽음 앞에서 누구나 평생 이루지 못한 염원을 말한다. 욕심을 내려놓는다. 무조건 이겨라. 살아생전 돈을 갈퀴로 끌어 모아 큰 부자되라고 유언하지는 않을 것이다.

엄마가 화투 점에서 '이월매조'가 떨어지는 저녁에는 언제나 비둘기가 울었다. 엄마는 조강지처라는 이름으로 임 그리는 여린 여인이었다. "구구 구 구~♪" 새가 울면, "기집 죽구~ 자식 죽구~ 헌누데기 이만 꿰구~" 곡을 한다며 새가 가엾다고 했다. 아마도 비둘기처럼 다정한 사람이 되어 장미꽃 넝쿨 우거진 가정을 바랐는지도 모른다. 새의 울음소리는 다 자기 처지에 견주어 들리는 것 같다. 여북하면 가을바람 앞에 흔들리는 억새풀도 '으악새' 슬피 운다고 했을까.

나는 새소리를 들으면, 참새방앗간도 지나가고 싶고, 까치가 전해주는 기쁜 소식도 듣고 싶고, 종달새처럼 아침 노래도 부르고 싶다. 맛있는 것도 먹고 싶고, 나풀거리는 시폰 원피스도 입고 싶고, 물찬제비 같은 자동차도 한 대 뽑고 싶다.

나는 아직, 아름다운 소리를 내며 죽을 때가 멀었나 보다.

꿈꾸는 크레송

— 군자불이감추식(君子不以紺緅飾)

"안녕하세요? 저는 큰옷 사서 줄여 입는 아줌마예요."

전화하니 다 되었다고 찾아가라고 한다.

나는 옷을 무조건 큰 것을 산다. 결혼하면 살이 찐다기에 아이를 낳으면 더 찔 것 같아서다. 지금은 나잇살을 대비하여 일부러 큰 것을 산다. 그 덕분에 옷이 작아서 입지 못하는 경우는 드물다. 또 누구를 주려고 해도 이삼십 년 유행은 지났어도, 왕년에는 제법 주름 잡힌 족보가 있는 옷들이라 안방마님의 복식으로 장롱을 지키고 있다.

가끔 꺼내어 소매를 떼어냈다가 도로 붙였다가 레이스로 나풀거리게도 해보고 별짓을 다 내본다. 그러나 나의 솜씨라는 것이 버젓한 옷 한 벌이 되는 적은 드물다. 그 짓도 돋보기 끼고 바늘귀 꿰는 것이 귀찮아 뜸해졌다. 그보다는 요즘 알맞은 수선집을 찾았기 때문이다.

아파트 상가 안에 서너 평 남짓한 작은 공간이다. 벽 쪽에는 재봉틀이 있고 문 쪽에는 다리미 대가 있다. 자 가위 바늘 실 다리미 인화 낭자 감투할미 규중(閨中) 칠우들이 다 모여 있다. 수북하게 쌓아놓은 일감, 수선을 마쳐 걸어놓은 옷, '뉴패션'을 선도하는 디자인 책 서너 권 등. 좁은 공간이지만, 한 자락 천만 잡아당기면 금세 간이탈의실까지 만들어낸다. 그 틈새 라디오의 '싱글벙글 쇼'까지 틀어놓으니 음향까지 다 갖춰진 셈이다.

그 안에 사십 대쯤으로 보이는 남녀가 둘이서 일을 한다. 아침에 금방 논에 물꼬를 트고 들어온 듯한 구릿빛 피부의 아저씨와 찔레 순이나 꺾어 먹고 놀았음직한 머리를 질끈 동여맨 그렇다고 결코 아가씨는 아닌 소박한 아줌마가 있다.

어느 날, 문자 한 통을 받았다. '옷 운동화 가방수선 찾아 가세요 –끄레쏭–' '끄레쏭', 어디서 들어본 듯한 단어다. "와아~!" 이름이 그럴싸하다. 순간, 수선집 정경이 떠올랐다. 잡동사니가 가득한 공간, 오래전 추억 속의 그림이다. 나는 예전에 '화실'이란 간판만 봐도 데생용 석고상 앞에 앉아있는 나를 상상하곤 했었다.

나도 한때는 *크레송(CRESSON)을 꿈꿨었다. 중학교 다닐 때다. 교복도 모두 맞춰 입던 때라 길음시장 골목에도 고만고만한 양장점이 꽤 많았다. 이 집 저 집 기웃거리며 유심히 보고는 빈 종이만 보면 옷을 근사하게 그렸었다.

> 군자는 보라색과 붉은색으로 옷깃을 장식하지 않는다. 다홍색과 자주색으로 속옷을 만들지 않는다. 여름 더울 때에는 고운 베나 거친 베옷을 겉에 입고 밖에 나간다. 평상시 입는 가죽옷은 길게 하되, 오른쪽 소매는 짧게 한다. 반드시 잠옷을 마련하며, 그 길이가 키의 한 배 반이나 되게 한다.
> *君子 不以紺緅 飾 紅紫 不以爲褻服 當暑 袗絺綌 必表而出之 褻裘長 短右袂 必有寢衣 長一身有半* - 향당편

아마, 이 아저씨도 옛날 '앙드레 공'이셨던 공자님의 후예였던가 보다. 디자인 원칙이 철저한 장인정신이 강하다. 까다롭기가 이만저만이 아니다. 어느 소도시쯤에서 순종적인 미싱사 아가씨와 함께 '끄레쑝' 양장점을 운영했었던 모양이다. 수선하고 남은 천을 달라고 하면, 꼭 신문지로 오려놓은 옷본을 꺼내 보여주면서 한마디 한다. "아줌마처럼, 아무따나 자르는 것이 아닙니다." 손님인 나를 나무라는 것을 보면 그는 아직도 잘나가던 끄레쑝 시절을 그리워하는 듯하다.

수선집 아줌마는 "뭐하러 그 옷본은 보여주느냐?"며 남자에게 매

번 퇴박을 준다. 내가 생각해도 기껏해야 치맛단이나 허리 품 조금 줄이는 일에 옷본까지는 필요할 것 같지도 않다. 옷본은 끄레쏭 디자이너의 자존심일 뿐이다.

나는 이때다 싶어, 전문가는 역시 다르다고 추켜세웠다. 그런데 대답하는 목소리가 오늘따라 건조하다. 두 사람의 오가는 말 땀 수가 촘촘하다. 섣불리 참견하다가는 내가 바늘에 찔리겠다. 그래도 눈치를 살피며 수선비를 좀 빼달라고 하니, 우리 아저씨에게 말해 보라고 한다. '우리 아저씨'라는 말에 나는 얼른 부부냐고 물었다. 올 때마다 두 사람이 하도 다정스럽게 이야기를 해서 부부가 아닌 줄 알았다고 너스레를 떨었더니, 말 같지 않다는 듯 방금도 작은 일을 가지고 대판 싸웠다는 것이다.

왜 싸우지 않겠는가. 공간이 좁기 때문이다. 부부는 한 차만 타도 티격태격한다. 나도 엇그제 1박 2일 산수 좋은 곳에 여행 다녀오면서 승용차 안에서는 화를 꾸욱~ 참다가 아파트 지하주차장에 도착하는 순간, 뒤도 안 돌아보고 내 짐만 챙겨 들고 휑하니 들어왔다. 하물며 서로 얼굴 마주 보며 삼백예순날 밤낮으로 꼭 붙어 있으니 여북하겠는가.

"부부는 다 작은 거로 싸워요. 큰 거로 싸우면 애인이죠. 애인은 너 없이는 못산다고 생사(生死)를 가지고 싸우지, 누가 오줌 눌 때

변기 뚜껑을 '올려라. 내려라'를 가지고 싸우겠어요?"라며 열 받은 부부 사이에 끼어들었다.

내 말에 힘을 얻은 아저씨는 내가 마치 제 누이라도 되는 듯 일러바친다. "지금도 저 사람이 그까짓 실 가지고…" "또, 또, 또… 손님 앞에서…" 아줌마 눈빛이 아저씨에게 활시위를 당긴다. 두 사람 다 팽팽하다. 가위에 손대지 않아도 실이 끊어질 판이다.

"그만들 하세요. 예로부터 결혼할 때, 왜 함에다 청실홍실을 넣어 주었겠어요. 다 집집마다 실가지고 밤새도록 붉다 푸르다 사랑싸움하라고 넣어주는 거예요."

나는 공손하게 두 손을 맞잡고 '청실~ 홍실~' 한 올 한 올 음률을 탔다.

> 청실홍실 엮어서 정성을 들여/ 청실홍실 엮어서 무늬도 곱게/ 티 없는 마음속에 나만이 아는 음 음 수를 놓았소 ♬

어설픈 내 노랫가락에 싱글싱글싱글 벙글벙글벙글 신이 난 끄레쏭 부부, 내게 수선비 오천 원을 깎아줬다.

* 크레송(CRESSON): 창조(CREation)+열정(paSSion)+패션(fashiOn)이라는 최신패션주자 브랜드

손을 말하다

— 오소야천(吾少也賤)

난 얼굴보다 손이 예쁘다. 예쁘기만 한가. 감촉도 좋다. 손마디의 뼈가 부드러워 사춘기 시절 내 손을 만지려고 친구들이 앞뒤로 기다리고 있었다. 그 손으로 골무에 수를 놓거나 채송화 꽃잎처럼 얇은 천을 잘 마름하고 구정 뜨개질, 십자수 퀼트 그리고 편지지에 색종이로 꽃을 오려 붙이는 손놀림이 섬세하다.

어느 날, 칠판에 글을 쓰는 내 손을 바라보던 어느 분이 "밥은 할 줄 아세요?"라고 물었다. 손끝에 물 한 방울 안 묻히고 사는 듯한 고운 손이 한심하게 보였던 모양이다. 어머님이 계실 때만 해도 늘 손이 바빴다. 밥이나 청소는 물론 사시사철 이불 홑청 빨래를 풀 먹여 젖은 방망이, 마른 방망이질을 하며 무명제복에 모시 두루마기까지 거뜬히 손질해내던 손이다.

일을 많이 한 손이라고 대우하고 살지는 않았다. 비누냄새 말고는 향기도 없다. 손등이 터지면 더러 글리세린을 바른 후 마른 장갑을 끼고 잔 적은 있지만, 예쁜 빛깔의 매니큐어나 네일아트의 꾸밈은 한 적이 없다. 결혼반지조차도 잘 끼지 않는다.

그렇다고 손에 대한 관심이 아예 없는 것은 아니다. 손톱 끝에 봉숭아 꽃물은 꼭 들인다. “봉숭아꽃을 보고, 꽃물을 들이지 않으면 여자가 아니다.”라는 친정엄마의 지론이다. 엄마의 딸, 나는 어떠한 일이 있어도 여자의 특권은 누리고 싶다.

꽃물로 멋을 내는 손톱관리는 부지런하다. 나는 손톱을 자주 깎는 편인데. 특히 긴장되는 일이 있거나 혹 어디로 길을 떠날 때는 어제 깎고도 오늘 또 깎는다. 그렇게 바짝 깎으면 손톱 밑이 아프지 않으냐고 묻는 사람들도 있다.

고3인 여름방학, 대통령 영부인 육영수 여사가 저격을 당한 바로 그 해다. 걸스카우트 단원이었던 나는 비상연락을 받고 학교에 갔다. 동작동 국립묘지까지 가는 운구 행렬의 안내역할을 맡게 되었다. “넌, 손이 참 얌전하구나!” 그날 담임선생님은 의전용 흰 장갑을 나눠주시며 말씀하셨다.

개학하자마자, 나는 9월 1일자로 취업을 나갔다. 우리 학교에서 가장 먼저 나갔다. 무엇 하나 내세울 것이 없었던 나, 누가 말이나 걸어줘야 신이 나서 조잘대던 수줍은 여학생이었다. 다른 아이들보다 공부를 잘하는 것도 아니요, 모범생이거나 배경이 좋거나 훤칠한 키에 예쁘지도 않았다. 오로지 손이 얌전하게 보인 덕분이었다. 면접을 보는 분들도 자필 이력서와 얼굴, 그리고 손을 커다란 확대경으로 유심히 들여다보셨다.

그 후로 나는 뭔가를 시작할 때면 손부터 신경을 쓴다. 사람을 만났을 때도 얼굴과 옷매무새와 더불어 얼른 그 사람의 손을 본다. 손을 살펴보면서 '저 사람은 저 손으로 무슨 일을 하고 살았을까?' 가늠해 본다. 덥석 잡고 싶은 손도 있고, 살며시 쓰다듬어 보고 싶은 손도 있고, 선뜻 다가가지는 못해도 부러워 자꾸 훔쳐보는 손도 있다.

그들도 나처럼 먹지를 네 장씩 끼워 법조문이 빼곡하게 적힌 서류를 꾹꾹 눌러썼는지. 주판알을 튕기며 날마다 장부를 작성했는지, 팔목이 아파 자주 파스를 붙였는지. 글씨를 너무 많이 써서 가운뎃손가락에 펜 혹이 생겼는지, 친구들이 대학입시 예비고사를 치르는 시간에도 고층빌딩 사무실에서 일하고 있었는지, 그날 퇴근하고 종로2가에 있는 양지다방에 갔었는지…. 혹시, 그 구석 자리 자욱한 담배 연기 속에서 소리죽여 우는 깡마른 여학생을 보았었는지 다 궁금하다.

자태가 고우셨던 시어머님은 반지보다 브로치를 즐기셨다. 고생했던 억센 손을 남 앞에 보이고 싶지 않다고 하셨다. 난 요즘 어머님이 아끼던 참깨 반지를 자주 낀다. 반짝이는 빛에도 아랑곳없이 손끝이 말라 거슬리기도 하고 손등에 저승꽃도 엷게 피어난다. 가만히 들여다보고 있으면 아무리 아닌척해도 내가 살아왔던 세월이 고스란히 보인다.

하얗고 긴 손가락으로 우아하게 손짓하는 도도한 손도, 지문이 다 닳도록 생선대가리를 내리치고 비늘을 긁어내며 생활의 파고를 넘나들던 손도, 창신동 골목의 큰누이들처럼 밀폐된 공간에서 재봉틀을 돌리던 손도, 배꽃 환한 과수원에서 사다리에 올라가 뱃봉을 씌우던 손도, 손은 다 아름답다. 내 손도 아름답다.

그러나 나는 손이 차다. 여름에도 손이 시리다. 느닷없이 악수를 건네 오는 사람들이 내 손을 잡다 말고 움찔 놀란다. 그 순간이 민망하여 "마음은 따뜻해요." 너스레를 곧잘 떤다. 서푼짜리 자존심을 지키려고 꼭 해야 할 일과 절대 해서는 안 되는 일에 손사래를 너무 많이 치고 살아서인가, 손이 냉혈이다.

오나라 태재가 자공에게 "선생께서는 성인이실까? 어찌 그리 다능하신가" 하고 묻자, 이 말을 듣고 공자, 가라사대. "나는 어려서

천했으므로 미천한 일에 다능(손재주)한 것이다."

大宰問於子貢曰 夫子 聖者與 何其多能也 子聞之曰, 吾少也賤 故多能鄙事 - 자한편

나는 여태까지 손을 혹사했다. 꽃다운 시절, 생계를 위해, 한 손에 일을, 또 한 손에 책을 들고 주경야독(晝耕夜讀)했던 손. 그 기특한 손에게 상을 주지 못할망정 일부러 더 손톱 밑이 아리도록 바싹 깎는다.

언제 어디서 무슨 일을 하고 있었는지 나의 궤적을 일일이 모두 기억하는 손, 이제 당당하게 나의 손을 예우해 주고 싶다.

들키고 싶은 비밀

— 공자시기망야(孔子時其亡也)

얼마든지 할 수 있으리라 생각했다. 오히려 그런 프로그램을 한 번 진행해보고 싶다는 오만한 기대로 설레기까지 했다. 늘 강의실을 가득 메운 사람들을 보아왔으니 당연히 의자가 모자랄 것이라 여겼다.

강의실로 들어서는 순간, '모래성'이 보였다. 시간이 조금 지나자 칠십 대로 보이는 세 명이 더 들어와 다섯 명이 되었다. '한 사람, 단 한 사람 앞이라도 열과 성을 다하겠노라.'라는 애초의 생각은 물거품처럼 사라졌다.

이야기의 실마리를 찾으려고 나이와 가족관계 등을 물었다. 서로 견제하는 눈빛들만 오간다. 무엇을 소리 내어 말하고 싶겠는가. 혼자 생활하거나 병마와 싸우는 가족이 집에 있는 이들이다. 그중 누군가 나에게 물었다. 걸어왔느냐 아니면 마을버스를 타고 왔느냐고. 운전하고 왔다고 하니 그나마 보이던 호기심마저도 "에구 기름값도 올랐는데… 몇 발이나 된다고." 혀 차는 소리가 들렸다.

도서관 직원들이 나에게 무엇을 부탁할 때 "전천우시잖아요." 맡겨만 놓으면 그런대로 잘 이끌어나간다는 말이다. 그러나 나는 지금 '소외계층 평생프로그램'이라는 이름 앞에 안절부절못하는 또 다른 소외계층이다.

다음 주엔 그나마 왔던 사람은 아예 안 오고 새로운 세 명이 다시 왔다. 전화 받고 왔다며 뭘 "갤킬 거냐?"고 묻는다. '명심보감'이라고 하니, 우린 한글도 모르는데 뭐 말라죽은 한문이냐며 "밥은 언제 주느냐."고 물었다. 아마 강의를 들으면 밥을 준다고 한 모양이다. 두 시간 동안 진땀을 빼고 나오는데, 산기슭 밑 복지관 앞에 길게 늘어선 사람들이 보였다. 점심을 먹기 위한 줄이다. 그들에게 오늘의 목표는 한 끼 식사다. 연필과 책 공책 따위가 무슨 소용이란 말인가.

어느 분이 내 책을 다 읽고 난 다음 "나는 당신의 불우가 부럽다." 라는 말을 했었다. 그러나 나의 불우는 그 시절 누구에게나 있을 수 있는 보편적인 불우였다. 더구나 내가 선택한 것도 아니었다. 나는 살면서 가난 앞에 주눅이 들었던 기억이 별로 없었으니 분명히 가난도 아니었다. 그렇다고 나는 유복했었던가.

그 다음 주에는 스타킹과 구두를 벗어버렸다. 헐렁한 고무줄 바지를 입고 맨발에 꽃무늬 얼룩덜룩한 덧버선을 신고 책가방 대신 단술 한 통을 싸들고 갔다. 칠판에 명심보감의 글귀 한 줄 써 놓고 그들과 이야기하며 나눠 먹었다. 어르신 혹은 선생님 호칭을 빼버리고 "단디하이소" '단디보감'으로 들이댔더니 내가 쓰는 사투리가 어설펐던지 웃기 시작했다.

늘 일찍 오는 할머니가 있다. 한자를 척척 기막히게 베껴 쓰는 모습이 놀랍다. 슬쩍 물었다. "한문 공부를 많이 하셨나 봐요?" 얼른 두 손으로 공책을 가리며 한글 음으로는 읽을 줄 모른다고 한다. 일본에서 태어나 해방되던 해에 한국에 나와 땅은 어디 갔던지 집도 절도 없이 고생했었다며 옳은 농사꾼도 못되고, 말이 안 통하니 장사도 못 해먹고, 그럭저럭 살다 보니 나이 일흔이 넘어서야 이제 겨우 한글학교에 다닌다고 했다. 삼 년을 배웠는데도 아직 철자법이 다 틀린다며 매웠던 세월을 버무려 싱겁게 웃는다.

미처 단술을 삭히지 못한 날은 요구르트를 사간다. 수강생 중에 찬 것을 못 먹는 영감님이 있다. 결석자가 많은 날은 두 개씩 돌아간다. 그런 날 건배를 하면 하나는 마시고 나머지 하나는 따로 주머니에 챙긴다. 나중에 전해 들으니, 집에 있는 손자가 마음에 걸려 찬 것을 못 먹는다고 핑계를 댄다는 것이다.

차츰 많은 사람이 가족처럼 친해졌다. 아이를 포대기로 둘러업고 서서 듣는 새댁, 아이가 칭얼거리면 수업시간을 아랑곳하지 않고 아이를 데리고 논다. 노인들도 같이 "둥개둥개 둥개야" 아이를 어른다. 동심으로 돌아간 그들. 그 누군들 녹록한 삶만이 있었을까. 수업시간에 오가던 이야기들. 엇박자로 빗겨간 세월을 아이 따라 울고 아이 따라 웃고, 나도 그들 따라 웃다가 울었다. 반년의 기간이 지나고 어느덧 내가 먼저 "까꿍" 아이를 얼러가며 명심보감을 거울삼아 같이 놀고 있다.

그 날도 수업하기 전에 요구르트를 사가려고 하는데, 찬 것을 못 자신다는 영감님이 요구르트 가판대 옆에 앉아 당최 움직이지를 않는다. 나는 적은 돈을 내고 생색내는 것 같아 차를 멀찌감치 세워놓고 영감님이 어서 자리뜨기를 기다렸다. 백미러로 보니 멀리 있는 시선이라 어느 방향을 바라보는지 통 알 수가 없었지만, 꼭 내 차가 있는 쪽을 바라보는 것 같아 순간순간 눈길을 피했다.

그러기를 삼십여 분, 수업시간이 임박해져 온다. 저 영감님은 왜 안 들어가실까. 미묘한 대치상태가 되었다. 팽팽한 긴장감. 수업 5분 전, 할 수 없다. 요구르트 사기를 포기하고 급하게 걸어갔다. 그런데 영감님이 나를 향해 걸어온다. 구부정한 어깨와 듬성듬성한 치아, 흰 머리카락을 쓸어 올리며 엎어질 듯 빠른 걸음으로 오더니 덥석 내 손을 잡는 것이 아닌가. 움찔했다. 마른 장작개비 같은 뻣뻣한 손에서 '빠닥' 작은 비닐의 촉감이 전해진다.

미끄러운 나일론으로 봐서는 분명히 손수건은 아니다. 스카프다. 그런데 가느다란 내 목에도 너무 작다. 아이들이 초등학교 앞 문구점에서 사오던 어버이날 선물처럼 반짝반짝 색상과 디자인이 유치하다.

> 양화가 공자를 만나고자 했으나, 공자가 만나주지 않았다. 그러자 양화가 공자에게 돼지를 선물로 보냈다. 이에 공자는 양화가 자기 집에 없을 만한 때를 틈타서 사례하러 가다가 공교롭게도 도중에서 그를 만났다.
>
> 陽貨 欲見孔子 孔子不見 歸孔子豚 孔子時其亡也 而往拜之 遇諸塗
>
> \- 양화편

무덥던 여름이 지나갔다. 어느덧, 찬바람이 스산하다. 길가의 노란 은행잎들도 머지않아 다 떨어지리라. 벌써 몇 주째 그 영감님이 보이지 않는다. 혹, 서둘러 들어서는 그의 시선을 놓칠세라 자꾸 문 쪽을 흘끔거리며 수업을 하고 있다.

나는 아직도 작은 황금빛 스카프를 목에서 풀지 못한다. 그 영감님에게 내 마음을 들키고 싶기 때문이다.

관솔

— 유기질지우(唯其疾之憂)

그 아이는 바람을 가르며 불 깡통을 잘 돌렸다. 깡통 안에는 겨우내 잘 마른 관솔처럼 무지갯빛 꿈이 가득했을 것이다. 그러나 무지개는 잠시 나타났다가 삽시간에 사라진다.

그 아이는 손이 귀한 집 장손으로 태어났다. 할머니 할아버지의 마음을 기쁘게 했다. 어른들 품 안에서 거침없이 자랐다. 빨간 나비넥타이를 매고 도시에 나가 유치원을 다니던 아이는 그 마을에는 없었다. 양철로 만든 장난감 칼을 들고 파랗게 올라오는 보리 이삭이 단칼에 베는 위상이 대단한 꼬마 대장이었다.

늘 새로운 놀이를 좋아하고 짓궂은 장난을 즐겼다. 콩 낟가리 밑에서 콩을 구워먹다 불을 내어 동네 사람들이 다 모여 우물물과 개울물을 퍼다 끼얹어도 콩 한 됫박을 건질 수가 없었다. 횃불을 들고 동산에 올라가 아이를 찾았을 때, 어느 사람도 나무라기는커녕 어린것이 얼마나 놀랐으면 그 높은 산까지 올라갔겠느냐면서 아이를 먼저 감쌌다.

개울에 나가 물방개처럼 멱을 감고, 태극무늬 연으로 연줄 끊기도 곧잘 했다. 그 아이를 둘러싼 사랑은 지극하고도 넓었다. 손자 사랑이 깊었고 문중의 관심이 기대되었다.

객지에 나가 돌아오지 않는 가장을 기다리다 지친 그 아이의 가족들은 도시로 이사했다. 그러나 낯선 서울에서 그 아이를 알아 모셔주는 사람은 아무도 없었다. 그저 시골에서 이사 온 키 작고 얼굴까만 촌뜨기 취급을 받았다. 골목에서 딱지를 쳐도 진창인 개천 바닥에 들어가 구슬치기를 해도 약삭빠른 도시아이들을 이길 수 없었다. 좁은 골목, 좁은 방에서 몸부림을 치기 시작했다.

점점 자신만의 울안으로 들어갔다. 축구를 하다가 발목이 부러졌다. 병원생활이 길어지면서 그나마 몇 안 되는 친구들과도 멀어졌다. 그 누구하고도 어울리려고 하지 않았다. 기타를 치며 고래고래 소리쳐 노래를 부르고, 혼자 할 수 있는 자전거 하이킹이나 등산이 유일한 낙이었다. 그러다 답답하면 한없이 내달렸다. 고삐 풀린 망아지처럼.

그 아이는 곤두박질치며 떨어졌다. 자신의 끓어오르는 분노를 삭이지 못해 지원한 공수부대에서 고공 낙하훈련 도중, 다리만 다시 부러지지 않았더라도 그 아이의 삶은 달라졌을지도 모른다. 하늘을 날고 싶은 꿈마저 좌절되자 지상에서의 모든 것에 훼방을 놓기 시작했다. 아이는 낫으로 후려친 소나무에서 흘러나오는 송진처럼 만지면 만질수록 가족에게 엉겨 붙어 끈적거렸다. 상처가 잘 말라 아물어 관솔이 되도록 지켜볼 기운을 일부러 다 소진하려는 듯 보였다.

어떤 인연으로 왔을까. 부모와 자식 형제 부부의 인연은 전생이나 그전 전생의 원한을 갚으려고 맺어진다는 가혹한 말을 들은 적이 있다. 살면서 알게 모르게 쌓아온 선악을 갚는다고 하는데, 그런 얽히고설킨 인연이었을까. 아프게 하는 가족일수록 부처처럼 섬기라고 했다. 그러나 그 당시 그의 가족들은 그 아이와 눈만 마주치지 않아도 하루가 무사하게 지나갈 것이라 믿었다.

장마가 유난히 길었던 어느 여름날 밤, 그 아이는 떠났다. 혼자라는 것이 두려워 몸부림치던 그 아이는 쏟아지는 빗속에서 순식간에 혼불이 꺼졌다. 아주 가 버렸다. 가족들은 소리 내 울지도 못하고 그렇게 그 아이를 저 세상으로 보내고 말았다. 사고를 낸 뺑소니차는 끝내 찾지 못했다. 동강 난 몸, 부서진 차와 소지품이 사방으로 흩어진 것처럼, 그 아이의 삶도 산산이 흩어져 버렸다. 이미 다 끝난 주검 앞에서 보험회사 사람들은 음주의 흔적을 찾고 있었다.

맹무백이 효도에 대해서 물었다. 공자, 가라사대. "부모는 오직 자식의 질병만을 걱정하신다."

孟武伯問孝 子曰 父母 唯其疾之憂 - 위정편

맹무백은 성질이 급하고 화를 잘 낸다. 이런 사람은 제명을 다 채우지 못한다. 항상 치밀어 오르는 화근이 재앙이다. 환경이 사람을 만든다. 그 아이도 본래의 성정은 어질고 수더분했을 것이다. 이미 허물어진 울타리를 지키기에는 힘겨웠을 터, 늘 세상 사람들로부터 자신을 지키기 위해 물과 불 사이에서 방어했다. '신체발부(身體髮膚)는 수지부모'라고 했다. 부모에게 자식의 의미는 무조건 살아있는 것이 효도다. 그러나 그 아이는 자식의 도리를 다하지 못했다.

나는 그 아이에 대해 글을 써서는 안 되는 사람이다. 그 아이의 누이이기 때문이다. 큰동생이 간 후 작은동생과 기꺼이 눈을 마주하고 쳐다보지 못한다. 쳐다보기가 너무 아깝다. 모자라도 아깝고 넘쳐도 아깝다. 그러나 정녕 아까워서만은 아니다. 우리 남매의 눈길 속에는 먼저 간 동생의 시선이 있다. 그 애절한 눈길을 차마 마다할 수가 없다.

할머니가 장손을 너무 사랑한 까닭에 당신 곁으로 빨리 데려갔다고 고모님들은 말씀하신다. 그러나 나는 끝끝내 자식들을 돌보지 않았던 아버지의 손길을 원망한다. 선산의 유택(幽宅)도 아버지의 곁이 아니다. 다 살지 못한 아들이 아버지와 나란히 누워있는 것을 문중에서는 허락하지 않았다.

아무렇지도 않은 듯, 소나무는 비바람 몰아치고, 눈보라 속에서도 푸른빛을 지키고 있다. 잘려나간 옹이에서 흐르던 상흔(傷痕)도 점점 희미해졌다. 상처 따윈 아예 없었던 것처럼 솔숲을 이루고 있다. 그러나 누군들 잊을 수 있는가. 애써 드러나지 않게 마치 잊힌 듯, 그 아이는 가족들의 가슴속에 뿌리내리고 있다.

비 오는 밤, 명절날, 시월상달의 생일이나 기일에 문득문득 낯익은 사물 앞에서 멈춘다. 정월 대보름, 달빛 아래서 생사를 윤회하듯 쥐불놀이 깡통이 돌아가는 것을 보고 있다. 진정, 못다 사르고 간 관솔 불씨 하나 못난 누이의 가슴에 묻는다.

산골짝의 다람쥐♬

— 양양호영이재(洋洋乎盈耳哉)

가파른 고개를 치고 올라간다. ‘깔딱고개’이다. 백담사에서 오세암으로 가는 길, 헉헉대고 올라가다 숨이 깔딱 넘어갈 찰나 그루터기 나무가 길에 놓여 있다. 그 친절한 나무 등걸 앞에서는 누구나 쉬어간다.

인기척을 알아차린 다람쥐가 쪼르르 달려 나와 환영한다. 귀한 토종 다람쥐다. 저만치 나앉은 품새가 딱 봐도 깔딱고개 원주민이다. 본래는 제 놀던 운동장이었으나 사람들에게 제 터전을 빼앗기고 멀찌감치 물러나 버렸다. 다람쥐 털 빛깔이 햇도토리처럼 토실토실한 모양에 윤기마저 자르르하다.

고것이 촐랑촐랑 까부는 짓에 땀이 식는다. 안 주고는 못 배긴다. 초콜릿이나 비스킷을 던져주면 쏜살같이 달려와 재빠르게 낚아채

간다. 다시 먼저 앉았던 위치로 돌아가서 두어 번 까닥까닥 고맙다는 인사를 한다. 그리곤 걸음아 날 살려라! 숲 속으로 몸을 숨긴다. 그다지 멀지 않은 곳에 털빛이 바랜 늙수그레한 늙은 다람쥐 두 마리가 초콜릿을 건네받는다. 곁에서 망을 보고 있던 또 다른 다람쥐는 방금 왔던 새끼 다람쥐의 오빠인 듯하다. 상냥한 귀여움은 없지만, 뜀박질 하나는 방금 나왔던 여동생보다 훨씬 낫다. 본격적인 선수다. 새침한 몸짓은 없어도 눈빛만은 진지하다. 나는 초콜릿 껍질을 까서 한 알 한 알 통째로 던져줬다. 한 마리에게 주니 여기저기 나뭇잎 사이로 눈들이 반짝인다. 숲 속이 온통 다람쥐가 망보는 술래잡기 놀이마당이다.

마침내 다람쥐들은 호구를 만난 것이다. 굼뜨고 눈초리가 축 처진 여인의 '보살심'을 본 것이다. 지나가던 등산객이 나에게 냅다 소리쳤다.

"아주머니, 생태계 파괴요."

스스로 자연식을 찾아 먹게 해야지, 인간에게 의존해 먹고 살게 하면 안 된다고 면박을 준다. "다람쥐 이빨이 다 상하면 어찌할 거요?" 딱딱한 개암이나 도토리를 먹어야 하는데, 달콤한 것을 준다며 나를 고약하게 나무란다. 약간 무안하기도 하고, 자기가 키우는 다람쥐도 아니면서 지나치게 간섭하는 아저씨가 얄밉기도 하다. 그에게 초콜릿 몇 개를 건네며, "맞네요, 근데 혹시 선생님은 뭐하는 분이세요?" 물었더니 '치과의사'라고 한다.

사람은 다 자기 범주 안에서 생각하나 보다. 나는 다람쥐 오누이의 행보를 보며 '구걸'을 생각했다. '원하는데 줘야지, 어쩌겠나?' 차라리 영혼이 자유로운 집시였으면 낫겠다는 생각도 했다. 한 손으로 우유병을 들고 아기까지 안고 나와 "헬프미, 마담" "마이, 헝그리" "베이비, 헝그리"라고 말하던 먼 이국의 맨발 소녀 눈빛이 스쳐 지나갔다. 말이 좋아 '소녀가장'이지, 앵벌이다.

현재 국책은행 고위간부인 후배는 아버지와 언니 오빠들이 자기만 바라보았었다며 "선배, 그 시절 저는 '전사'였어요." 옳은 총과 칼도 없이 전리품을 가져가야 했다며, 지금껏 모태 싱글인 이유를 말한다.

그녀가 전사였다면 나는 무엇이었을까. 나 역시 다람쥐 쳇바퀴 돌듯 쉼 없이 뛰었다. 그렇게 얻은 달콤한 음식을 먹지 못하고, 하루에도 한 움큼씩 목구멍으로 약을 털어 넣었다. 밤이면 기침과 미열에 시달리고 출근하는 아침, 신설동에서 내려 설사를 했다. 수수깡처럼 마른 몸에 커다란 눈만 껌벅거리며 나의 존재를 알렸다. 빵빵거리는 찻길에서, 신호대 앞에서, 네온사인 불빛 사이에서, 소녀가장들이 나가야 할 길의 방향을 잃고, 어느 문으로 들어가는지 눈여겨보지 않았다. 피를 토하고 설사를 하며, 꿈을 먹는지, 약을 먹는지 세상으로부터 외면당했다.

사람들은 정말, 못 봤을까. 보고도 모른 척했을까. 그때는 어쩔 수 없었다고, 너도나도 그렇게들 힘들게 살지 않았었느냐고, 왜 이제 와서 너만 볼멘소리냐고 나무랄지 모르겠다. 전후 세대 소녀 가장들의 짐은 무거웠다. 나는 무교동 남강빌딩에서 근무하고, 후배는 종로 삼일빌딩에서 근무하며 점심때면 중간지점에서 만났다. 무교동 골목에서 부글부글 끓는 김치찌개를 가운데 두고 '희생'이라는 단어를 '희망'으로 양념해서 먹었다.

오래전 어느 날, 마포의 굴레방다리 옆 그녀의 방 한 칸에 간 적이 있다. 텅 빈 방안, 벽의 눈높이에 흑백의 사진이 한 장 걸려 있었다. 부처님이나 성모님을 모셔놓은 거나 마찬가지다. 반듯한 이마에 쪽을 찐 가르마만 선명한 노파의 모습이다. 후배는 그 정갈한 가르마를 따라 외길을 걸어왔다.

"선배, 우리 엄마예요, 참 예쁘죠?"

"……."

"이분만이 나를 위로해 주죠."

퇴직을 앞둔 후배는 지금도 초등학교 때 돌아가셨다는 그녀의 어머니 사진만을 끌어안고 살고 있다. 퇴근하고 집을 보러 갔는데 석양에 비치는 가늘고 긴 제 그림자가 아름다워 선뜻 집을 계약했다고 한다. 길상사 마당이 훤히 내려다보이는 작은 아파트에 초대를 받아 갔었다. 청춘의 나이에 뭐하러 미리 '귀거래사' 병풍을 쳤었는지. 아침부터 기다리지 않아도 저녁은 온다. 일출이 있으면 석양은 당연하다. 손님 때문에 잠시 베란다로 쫓겨나간 앵무새가, 목소리 큰 내가 혹 자기 주인을 나무라는가 싶어 어찌나 앵앵거리며 방해를 하던지 "그래, 너답다."라는 말은 후배에게 차마 하지 않았다.

> 공자, 가라사대. "노나라 악사 지가 처음에 연주한 관저의 끝자락이 귀에 가득 차 아름답구나."
>
> 子曰 師摯之始 關雎之亂 洋洋乎盈耳哉 - 태백편

귓가에 쟁쟁한 노래가 온몸을 맴돌아 나온다. 여운이 바람을 탄다. 아무렇지도 않은 척, 나는 길에서 만난 등산객 치과의사와 함께 동요를 부르며 걸었다. 숲 속에 숨어 망을 보던 다람쥐들이 빠끔히 내다본다.

"산골짝에 다람쥐 아기 다람쥐♫/ 도토리 점심 가지고 소풍을 간다/ 다람쥐야 다람쥐야 재주나 한번 넘으렴/ 파알딱 파알딱 팔딱 날도 참말 좋구나 ♬"

마지막 수업

—인부지불온(人不知不慍)

사하도서관 논어 강독
2004년 3월 시작,
2008년 12월 5일 금요일 완독 일기

요즘 같은 스피드 시대에 요즘 같은 첨단시대에 2천5백 년 전의 사서삼경 중의 하나인 ≪논어≫를 한 글자 한 문장도 안 빠뜨리고 샅샅이 이 잡듯 다 파헤쳐 강독하고 완독을 한다는 것. 물론, 다른 기관에서 몇 번 완독을 한 경험이 있지만, 매번, 매번 스스로 생각해도 기특하고 터질 것 같이 벅찬 일이랍니다. 강의하는 나는 진도를 나가야 하니 어쩔 수 없이 계속한 일이지만 지속해서 함께 논어를 읽으신 학우님들, 전 그분들의 열정에 감사드립니다.

오늘, 집에서 한 시간 넘어 도서관으로 가는 길, 하늘은 온통 회색빛으로 무거웠죠. 여우가 시집을 가고 호랑이가 장가를 가는지…, 노란 은행잎이 휘날리는 모습, 더구나 하얀 눈꽃 송이가 분분하더라고요. 일찍이 설중매만 보았지, 대티 터널 안까지 재빠르게 따라 들어오는 황금빛 나비행렬이 클림트 그림이 살아 움직이는 것 같았습니다. 차를 세워놓고 누구에게인가 은행잎 닮은 문자를 훸훸 날리고 싶더라고요.

강의실에 들어가 마음을 추스르며 아무렇지도 않은 척, 창밖을 힐끔거리며 수업을 하는데요. 만 4년 걸려 논어의 마지막 구절 '堯曰' 문장을 함께 읊는 순간, 울컥 치밀어 올라오는 감흥이 있더라고요. 그동안 수업을 같이하셨던 임들과 차마 눈을 마주치지 못했습니다. 깊은, 속 깊은 숨 고름을 하였지요. '쳐다보기도 아까운 사람들' 혹, 이런 제 마음을 짐작하실는지요. 수업이 끝나고 한 분 한 분 나가고 나서, 나는 혼자 빈 교실에서 책상 하나하나를 손바닥으로 천천히 더듬어 보았습니다. 강의실 창가로 겨울 햇살조각이 따뜻했습니다. 임들의 온기를 느끼며 벅차오르는 감성으로 홀. 로. 눈. 물. 지. 웠. 더. 이. 다.

2011년 5월 13일 금요일 일기 <사하도서관>

그러고 보니 13일에 금요일이었네요. 탁자 위에 빨간 카네이션 꽃바구니가 놓여 있었습니다. 하필이면 스승의 날 행사를 미리 당겨 한다고 강의실 안이 술렁이고 있었습니다.

그 어디에 스승이 있습니까? 참으로 부끄럽고 민망한 날이었습니다. 그래서 지금 꽃바구니 받은 것 자랑하느냐고요? 그럴지도 모르죠. 좋았느냐고요? 좋았지요. 괜찮으냐고요? 당연히 괜찮지 않았습니다.

그 날, 다정(多情) 님의 부군께서 오셨어요. 다정 님은 몇 년간 도서관강의실에서 논어를 함께 읽었던 분입니다. 몇 년 전에는 〈논어반〉 대표를 맡아 공부하는 학우들을 도와주시기도 했고요. 한자 사범 1급 자격을 따서 아이들을 지도하는 선생님이시기도 했습니다. 투병 중에도 모자와 마스크를 쓰고 나오셨습니다. 지난가을학기 종강 날은 봄학기에도 또다시 밥을 사고 싶다고 하며 밥도 샀습니다.

어느 오십 대의 남자분이 바리바리 짐을 들고 강의실로 들어섰습니다. 그리고 꾸벅 인사를 하십니다. '당신은 누구시길래…?' 마주 보고 웃었습니다. 다정 님의 부군이 아내를 저 세상으로 보내고, 스승의 날 인사를 하러 오셨지요. 생전에 손수 써서 만들어 놓은 한자 급수교재 두 권과 저에게 전해 주라는 가방과 한지 부채에 고운 궁체로 '손톱달'이라는 시를 붓 글로 적은 작품이었습니다. 그리고 우리 '고전산책반' 모든 분에게 떡과 음료수까지 준비하셨습니다. 봄학기에 밥을 낼 거라 하시더니, 밥 대신 부음의 향촉(香燭) 내음 배인 떡입니다.

사실 제 강의는 그 순간, 종강한거나 마찬가지였죠. 더 어떤 구절 어떤 문구가 우리에게 필요할까요. 무엇을 더 명심하고 살라고 명심보감 강의를 할까요. 더 무슨 처세를 익힐 거라고 논어를 읽을까요? 그 자리에서 그 시간을 함께 했던 고전산책반의 풍속도, 그것으로 충분합니다. 그분의 부군께서 제게 유품이 든 가방을 건네실 때, 혹시 제 눈빛을 보셨는지요. 그분이 먼저 눈물을 비추자 여기저기서 훌쩍이는 소리가 들렸죠. 저는 망연히 건조하게 바라봤습니다. 만약 그 자리에서 제가 울었다면 우리 반 분위기도 저도 순간, 무너졌을 것입니다. 가고 없는 저 세상 사람도 넋이라도 찾아오는 '고전산책반' 입니다.

만남이 있으면 당연히 헤어짐이 있죠. 천분질서(天分秩序)는 하늘이 나눠준 질서입니다. 부부의 연(緣)도 부모·자식 간의 연도 영원한 것은 없습니다. 하물며 우리처럼 배우는 것이 좋아 모인, 한 학기 삼 개월짜리 학연이 무슨 심지가 있겠습니까. 부평초처럼 강사 따라 책 싸들고 쫓아다니는 보따리 인연입니다.

≪명심보감≫ 2번, ≪소학≫ 2권, ≪논어≫ 20권을 완독하고 다시 ≪명심보감≫을 읽고 있습니다. 벌써 사하도서관 15년 차 연식입니다. 사실 자동차로 치더라도 폐차시킬 때도 되기는 했죠. 어디 저뿐인가요. 역대 대표를 맡으셨던 도영 씨도 은수 씨도 여송 선생님도 현재 대표를 맡은 상연 씨도 다 막강하시죠. 만약에 오늘 같은 수업장면을 방송관계자가 보았다면 아마 〈인간극장〉이나 〈다큐멘터리 3일〉 정도는 찍자고 했을 거예요. 마지막 수업까지 함께하신 임들, 말 그대로 고전이 좋아 고전을 산책하는 풍류객들이십니다.

논어 20권을 마친 가을, 제가 사는 이기대 바닷가를 산책한 후, 우리 집에 와서 과일과 와인으로 건배하던 장면이 떠오릅니다. 국화차로 마무리했죠. 을숙도문화회관에 가서 우리 반 학우들이 낸 한문노트를 감상하던 시간, 순두부 백반을 먹으며 2부 수업으로 교과서 밖의 풍류를 논하며 마셨던 조 껍데기 막걸리 맛. 시낭송에 참여하여 읊던 한시 〈애련설〉 〈어부사〉 〈추성부〉 〈귀거래사〉가 그림처럼 펼쳐집니다. ≪논어≫ 한 권이 끝날 때마다 책거리 떡을 해먹던 시간을 소중하게 간직합니다.

사하도서관에서 한문 강의가 없어지는 것은 저에게 또 다른 일을 시작하라는 예시일 겁니다. 항상 삶이 그렇더라고요. 하나가 지나가면, 또 새로운 하나가 주어지고 그렇게 세월을 더하며 점점 성숙하는가 봅니다. 논어 강의 첫날, 학이편 첫 문장이 생각납니다. 사실 첫 문장에는 항상 끝이 들어있습니다.

> 공자, 가라사대. "배우고 때에 맞추어 익히면 또한 기쁘지 아니한가. 먼 곳으로부터 벗이 찾아온다면 또한 즐겁지 아니한가. 남이 나를 알아주지 아니해도 서운한 마음이 들지 아니하면 또한 군자가 아니겠는가."
> 子曰 學而時習之 不亦說乎 有朋 自遠方來 不亦樂乎 人不知而不慍 不亦君子乎 - 학이편

저는 도서관에서, 좋은 분들 많이 만나고 좋은 고전의 말씀 많이 전하고 넘치는 사랑을 듬뿍 받았습니다. 주어진 시간마다 온 힘을 다했습니다. 논어를 전달하며 박수와 반응에 내심 기뻤고, 몇 년이 지나도 환한 웃음으로 다시 찾아오시는 분들과 즐거웠습니다. 꽃처럼 아름다웠던 시절, 불혹의 나이와 지명의 화양연화를 사하도서관에서 누렸습니다. 예측하지 못한 헤어짐이더라도 서운한 마음을 접겠습니다. 군자(君子)가 되도록 수양하겠습니다. 이 모든 것이 여러분이 계셨던 덕분입니다. 계절이 제 나이와 딱 알맞은 오월이라

더 아름다운 헤어짐을 갖습니다. 제 특기가 예쁜 척, 폼 잡는 여자인 것 아시죠. 떠나는 뒷모습도 아름다워지고 싶습니다. 놓아주실 거죠?

* 봄학기 종강 날, 도서관 사정으로 가을학기 강좌가 폐강된다는 통보를 받고 썼던 글입니다. 그러나 사하도서관의 고전산책반 학우님들께서 도서관 사이트에 호소문을 올렸습니다. 그로 인하여 다시 '부활'하여 2014년 가을 현재 ≪논어≫ 향당편을 읽고 있습니다. 그날 마지막 수업, 13일의 금요일 날에 전하지 못한 글입니다.

2

산행도 나무 꽃이며

우리 아버지가, 훔쳤어요

— 기부양양(其父攘羊)

그녀는 오랜만에 친정집으로 향했다. 골목에 들어서니 친정집 앞에 못 보던 외제 승용차가 떠억 하니 자리 잡고 있는 것이 아닌가. 늘 자신의 차를 대던 자리다. 앞뒤 살펴봐도 매너라고는 없다. 연락처조차 남기지 않았으니 부아가 날 수밖에.

'이런 교양머리 없는 인간이 있나.' 본때를 보여줄 심산으로 자신의 차 열쇠로 외제 승용차의 옆구리를 부욱~ 그었다. 반분이 풀린 그녀, 인근 공용주차장에 주차하고 집으로 가니 친정아버지가 펄펄 뛰신다. 범인을 잡기만 하면 손모가지를 분질러 놓겠다고 노발대발이시다.

"제가 그랬어요, 아버지."라고 정직하게 말할 위인이었다면 애초에 긋지도 않았을 것이다. 그래도 그렇지, 성깔 한 번 고약하다.

아무리 그 아비에 그 딸이라지만, 딱한 노릇이다. 간이 배 밖에 나왔다. 이럴 때는 어찌해야 좋을까. 다행인지 불행인지 그 동네 어귀에는 아직 CCTV가 설치되지 않았다.

섭공이 공자에게 말하였다. "우리 무리 중에 정직하게 행동하는 자가 있으니 그의 아버지가 양을 가로챘는데 아들이 증명하였습니다." 공자, 가라사대. "우리 무리의 정직한 자는 이와 다르다. 아버지가 자식을 위하여 숨겨주고 자식이 아버지를 위하여 숨겨주니 정직함은 그 가운데에 있는 것이다."
葉公 語孔子曰 吾黨 有直躬者 其父攘羊 而子證之 孔子曰 吾黨之直者 異於是 父爲子隱 子爲父隱 直在其中矣 - 자로편

아비가 양을 훔친 것도 아니다. 길을 잃은 양이 날이 어두워지니 불빛을 쫓아 제 발로 걸어 들어왔다. "양아, 네 집으로 가거라, 가거라."라고 몇 번을 말해도 가지를 않아 잠시 맡아둔 것뿐이다. 독립운동하는 사람이 동지의 행보를 알려주고, 기업인이 몸담은 회사의 정보를 누설하고, 아내가 남편을 고발한다. 그것이 과연 정직인가? 정직함이란, 사실을 사실대로 말하는 것이 아니라, 본 마음을 왜곡됨이 없이 곧게 표현하는 것이다.

어딜 가나 보는 눈이 있다. 무인 카메라가 돌아간다. 감히 기계가 사람을 감시한다. 사람이 입으로 고발하는 것보다 무섭다. 내 핸드폰은 내가 주고받는 대화와 오가는 문자만 저장하는 것이 아니라 사진은 물론 동영상도 전달되고 현재 내가 있는 위치의 주소까지도 가르쳐 준다.

첨단의 기계문명이 윤리와 도덕성까지 무너뜨린다. 기계는 눈에 보이는 현상만 낱낱이 찍는다. 그러나 예나 지금이나 누가 보든 안 보든 본마음을 지키는 것이 사람이 살아가는 도리일 것이다. 나는 내가 그랬다고 말하지 못하는 그녀의 비양심만 무서운 것이 아니라, 오늘 나와 같이 생활하는 내 스마트폰도 무섭다.

산앵도나무 꽃이여!

— 당체지화(唐棣之華)

내가 ≪논어(論語)≫를 강독하고 있다고 말하면, 사람들은 귀를 쫑긋하거나 눈길을 슬쩍 피하며 얼른 다른 곳을 바라본다. 혹시 잘못 들었나 하는 눈빛이다. 어느 분은 대놓고 "어쩌면 그렇게 고상하게 놀아요?" 그러나 대부분은 언제 그렇게 어려운 공부를 했느냐고 묻는다. 그 뒤에 후렴처럼 젊은 여자가…, 여운을 남긴다.

먹물 색이 아직 진한 어르신들은 논어의 한두 구절쯤을 줄줄이 외고 나서 지식인임을 자처하신다. 사모관대 의관을 갖춘 남정네들의 영역이지 아녀자의 치마폭 속에 있는 학문이 아니라는 눈치다. 논어는 그만큼 높은 사대부 대접을 받아왔다.

논어 교실에 들어오는 사람들은 다양하다. 종심(從心)의 나이 칠십 대를 넘은 분들도 있지만, 20,30대 이제 막 불혹을 넘긴 이들이 대부분이다. 군자가 어디 따로 있는가. 내가 아직 며느리, 아내, 어미, 주부로서 살고 있으니, 그 역할 안에서 공자님을 만난다.

성인의 말씀은, 절대로 크지 않다. 구절구절 새겨 읽으면 본질은 소박하고 수더분하다. 같이 소리 내어 읽는 분들은 물질에 가치를 두기보다 안빈낙도(安貧樂道)의 정신적인 삶에 마음을 편안히 여기는 분들이다. 삶의 속도로 보자면 질주보다는 기웃거리며 고샅길을 살펴가는 걸음걸이다.

나는 그분들 앞에서 제법 '척'을 하는 편인데, 오늘 아침의 신문, 차 안에서 들은 라디오 프로, 어제 저녁의 TV 드라마, 싱크대 앞에서의 내 모습, 마트에서 본 사람들의 표정을 이야기한다. 그런데 희한한 건, 2천5백 년 전 춘추전국시대와 오늘을 살아가는 우리들의 모습과 어찌 그리도 닮았는지. 달라진 건 벡스코 빌딩, 매트로 아파트, 자동차, 컴퓨터, 스마트폰 등의 첨단적인 기술일 뿐, 사람 사는 이치나 마음의 씀씀이는 예나 지금이나 한 치도 변한 것이 없다.

나는 한학을 공부하면서 힘들어 포기하고 싶은 날들이 많았다. 그때마다 오래전 마음 밭에 심어놓은 한 구절을 되새기곤 한다.

산앵도나무 꽃이여! 바람에 나부끼는구나. 그 화사한 꽃을 어찌 그리워하지 않으리오마는, 내 집에서 너무 멀다." 그때 공자, 가라사대. "마음에 두지 않은 것이리니 어찌 저 멀리 있다고 말하리오.
唐棣之華 偏其反而 豈不爾思 室是遠而 子曰 未之思也 夫何遠之有

– 자한편

이 세상의 제아무리 높고 깊은 사상이나 학문이라도, 바로 나로부터 시작된다. 나와 아무 상관이 없다면 글을 읽은들 무슨 소용이 있겠는가. 나를 일깨우는 문구가 내게로 와 꽃씨가 된다. 내 마음에 싹 틔워 내 사랑 내 곁에 두는 '근사(近思)'다. 내가 부르기만 하면 금방이라도 내 곁으로 날아와 꽃망울을 터뜨릴 기세다.

누군가에게 인(仁)을 실천하고 싶은데 가진 것이 없고, 사랑을 나누고 싶지만 마땅한 상대가 없으며, 공부하고 싶어도 두뇌가 명석하지 못하고, 운동하고 싶으나 시간이 없다고 이런저런 핑계를 다 대지만 다 마음에서 멀기 때문이다.

한 줄 한 줄 자신의 생활에 견주어 읽으며 "논어가 이렇게 쉬운 것인 줄 몰랐어요." "공자님 말씀이 참 재미있어요." 선생님 수업은 "논어 콘서트!"입니다. 이런 이야기를 들을 때마다 나는 꼭 우물가가 아니더라도 또 신이 나서 "자—왈~" 잇달아 앵두꽃을 피운다. 예(禮)는 시중(時中)이라고 했다. 고리타분하고 촌스럽다고 말하는 공자님의 말씀도 요즘 시대에 걸맞게, 내 생활에 맞게 재해석을 한다. 이름 하여 '수다 논어'이다. 아녀자의 수다만이 수다인가. 빼어난 문구가 많다는 '수다(秀多)'이다. 결코, 고전은 고서문헌 속에 박제된 문자가 아니다.

지금 여기, 막 무엇인가 하고 싶은 마음. 그 마음이 바로 봄동산에 피어오르는 꽃향기다. 공자님은 '아는 것은 좋아하는 것만 같지 못하고 좋아하는 것은 즐기는 것만 같지 못하다.'라고 했다. '락지자(樂之者)', 사군자·수채화·외국어·사진찍기·여행·라틴댄스……다 접어두자. 아~ 그래! 연두 빛깔 봄이 오기 전에 벌거벗은 나무, 나목(裸木)의 크로키(croquis)를 시작하자.

산앵도나무 꽃이 바람에 나부낀다.

머피 & 샐리

— 조차와 전패(造次 & 顚沛)

머피의 문턱에 걸리는 날이 있다. 가는 날이 장날이다.

어느 날, 출근하려는데 차의 시동이 걸리지 않는다. 보닛(bonnet)을 열어 본들 무엇을 알겠는가. 보험회사의 출동서비스 기사가 배터리를 충전시켜 주면서 한 시간가량 절대 시동을 끄면 안 된다고 했다. 그러나 내 어찌 한꺼번에 두 가지 일을 기억할까. 시동에 신경을 쓰느라 자동차 키를 꽂아놓은 채 나와 버렸다.

늘 아침 시간 5분이 하루의 여유를 좌우한다. 그 날도 누가 나에게 부탁하길 했나. 내가 자랑삼아 KTX 비즈니스 카드가 있다며 지인들의 기차표를 인터넷으로 예매하고 있었다. 어정어정하다 보니 있던 표가 감쪽같이 사라지고 다시 뜨고 겨우 왕복표 몇 장을 찾아 카드 결제를 하는 중이었다. 하필이면 그때, 전화벨이 울렸다. 급하게 "예! 예!" 하며 한 손으로 전화기를, 한 손으로 컴퓨터 마우스를 작동하는데…, '어~ 어~' 네 발 달린 바퀴 의자가 혼자 미끄러졌다.

"꽈당" 눈도 깜빡이지 못하고 손가락 한번 클릭하는 사이에 나의 몸이 책상 밑으로 떨어졌다. 순간, 번쩍! '뇌진탕'보다는 '엉덩방아'가 낫겠다 싶어 두 손으로 머리를 감쌌다. 나의 꼬리뼈! 그대로 금이 갔다.

> 공자, 가라사대. "군자는 밥을 먹는 동안이라도 仁을 어김이 없었으니, 황급한 상황에서도 반드시 인에 있어야 하며, 넘어지면서도 반드시 仁에 있어야 하느니라."
>
> *君子無終食之間 違仁 造次 必於是 顚沛 必於是* - 이인편

선천적으로 나는 굼뜨다. 살면서 잠시의 오해로 심한 말이 오가는 사이에도 언성을 높이지 않을 만큼 차분한 편이다. 데이트 약속을 해도 여학생 특유의 빼고 튕기며 남학생을 애달프게 한 적이 없이 먼저 나가서 기다린다. 예나 지금이나 신호등이 반짝거려도 맨 뒤에 붙어 급하게 뛰는 경우도 별로 없다. 느긋하게 혼자 다음 신호를 기다린다. 고요한 가운데 사부작사부작 움직이며 집안에서 얌전하게 살림이나 살아야 할 성정이, 뒤늦게 온 동네 기웃거리니 평상

심인들 온전하게 제자리를 지킬까. 몸도 덩달아 들떠 나뒹굴었다.

넘어지는 순간, 샐리(仁)의 어진 마음으로 맡겼어야 하는데, 머피(知)의 잔꾀를 부렸으니…. "아이고! 아야~" 석삼 년 골병들게 생겼다.

나의 꼬리뼈 아직도 훈장처럼 불뚝 솟아있다.

여자 & 남자

— 요조숙녀 & 군자호구(窈窕淑女 君子好逑)

연분홍 치마, 바람에 휘날리다

한동안 '진달래' 시리즈 우스갯말이 유행하던 시절이 있었습니다. "진짜 달래면 주나?" 언감생심, 이 글을 쓰는 나는 좀 까칠하답니다. 염색을 거부하는 흰머리 소녀죠. 경고하건대 점잖은 선비는 흰 달래를 넘보지 않습니다.

청첩장들 받아보셨죠. 여자들은 봄에 시집을 간답니다. 강남 갔던 제비가 돌아온다는 음력 3월 3일, 삼월 삼짇날은 음기(陰氣)가 깊은 계절입니다. 봄바람이 겨우내 껴입었던 여인네의 속곳을 벗기게 되는데요. 연분홍 치맛자락을 휘날리며 나물을 뜯으러 갑니다. 이름 하여 '화전(花煎)놀이'입니다. 찹쌀을 동그랗게 빚어 진달래꽃

한 송이씩 얹어 번철에 지져내는 꽃전입니다. 꼬맹이 소꿉동무들이 캐는 달래 냉이 씀바귀 정도의 들나물을 캐는 수준이 아니랍니다.

화전놀이 가는 아녀자들의 자태가 곱습니다. 아지랑이 아롱아롱 피어오르는 산등성을 오르노라면 마른나무 가지 사이로 다문다문 핀 진달래꽃이 환하죠. 자세히 눈여겨 본 사람은 아시겠지만, 꽃잎 빛깔이 제각각 다르답니다. 흰달래, 연달래, 진달래, 난달래, 안달래 빛깔이죠. 진달래꽃은 홑겹 명주 치마보다도 실루엣이 얇습니다. 일명 두견화(杜鵑花)라고도 하는데 꽃술에서 들리는 두견새 울음소리가 애절한 규방가사입니다.

선녀들이 있는 곳을 나무꾼들이 훔쳐봅니다. 휘파람소리 들리시나요? "에구머니! 남세스러워라." 과수댁이 놀란 듯 벌떡 일어나 훠이훠이 쫓아내는 시늉을 하며 앞장섭니다. 치맛바람에 제비쑥·원추리·참취·잔대와 홑잎이 뾰족뾰족 솟아오릅니다. 봄처녀는 짐짓 나물 캐어 담는 다래끼를 떨어뜨립니다. 호시탐탐 기회를 엿보던 청년이 다래끼를 집어들고 냅다 뛰어가며 "나, 잡아봐라~!" 숨바꼭질을 합니다. 어디 압구정동에만 로데오 거리가 있나요. 신사동 가로수 길에만 '야타족'이 있나요. 흐드러지게 핀 꽃뿐이던가요. 덤불 속에 찔레순까지 손짓하며 부릅니다. 산과 들, 천하가 온통 *요조숙녀 군자호구(窈窕淑女 君子好逑)입니다.

잠깐! 여기서 꽃 빛깔은 여성의 치마 빛깔이 아니랍니다. 젖가슴의 유두(乳頭) 빛깔입니다. 예로부터 유선이 봉긋하지도 않은 생리 이전의 흰달래 어린 소녀를 범하면 동산에 난데없이 하얀 진달래가 피었다고 합니다. 나라에 변고가 생겼다고 한탄을 하였다지요. 요즘 연분홍빛의 연달래 아가씨들은 혼기가 넘어도 아이와 남편, 고부와 장서의 갈등에 지레 겁을 내어 결혼을 꿈꾸지 않아 걱정이라죠. 활짝 핀 농염한 진분홍빛의 진달래 마님들은 자체만으로도 으뜸인데, 보톡스 문신 피부박피로 청담동 사모님 풍을 꿈꾸고, 멍석위에 널어놓은 푸르스름한 팥알 빛깔의 난달래 대비마마님들의 다이어트와 건강식품도 날개를 단 듯 팔린다고 합니다. 세상은 이제 된장에 호박잎 쌈만의 자연 맛이 아니랍니다. 얼굴만 보고 여자 나이를 가늠할 수 없게 되었습니다. 더벅머리 청년도 여인의 뒤태만 보고 쫓아왔다가 "안달래"라며 손사래로 내칩니다.

봄은 여자의 계절입니다. 왜냐구요? 여자는 봄에 바람이 나니까요.

*공자 가라사대. "≪시경≫ 관저편은 즐거우나 문란하지 않고, 애처로우나 마음을 상하게 하지 않는다."

子曰, 關雎 樂而不淫 哀而不傷 - 팔일편

관관소리를 내고 우는 물수리새는 모래톱에 있네, 요조숙녀는 군자의 좋은 배필이로다.

關關雎鳩 在河之洲 窈窕淑女 君子好逑 – 시경 관저편

도포 자락, 바람을 타다

그대는 가을 남자, 남자는 역시 '욱!' 하는 성질이 매력입니다. 열 받은 마음을 비우는 '허심(虛心)사상'으로 열자(列子)는 보름씩 바람을 타고 다녔다는데요. 옷깃을 여미게 하는 찬바람이 불면, 사랑은 낙엽 따라 가버리고, 옆구리 시린 외로움만 홀로 남아 바바리 깃을 세웁니다. 이름 하여 '가을 남자'입니다. 옳거니! 그리하여 남자들은 양기(陽氣)가 가득 충전되어 가을에 장가를 간답니다.

가을은 일 년 중 가장 양기가 충만한 계절입니다. 특히 음력 9월 9일 '중양절' 즈음에서 바리톤의 목소리로 '시월의 어느 멋진 날~♪'을 불러야, 살랑살랑 실바람을 잡아타고서 넘실넘실 ♬ 오색가을이 온답니다. 단풍과 국화가 그윽한 이름하여 '풍국(楓菊)놀이'입니다. 선비들은 의관을 갖추고 풍로 하나, 술잔 하나, 종이 붓 먹 벼루의 문방사우를 들고 산에 오릅니다. 요즘 남정네들이 불꽃처럼 뜨거운 중년의 사랑을 꿈꾸는 '꽃탕' 하고는 격이 다르죠. 동서양을 넘나들어 리처드 기어도 '뉴욕의 가을'을 찍고, 릴케도 덩달아 '이틀만 더 남국의 햇볕을 달라.'라고 가을날을 읊었습니다.

시서화(詩書畵)를 즐깁니다. 반드시 장원을 뽑아 면류관을 씌워 어사화를 꽂는 벼슬만이 삶의 목표인가요. 어디 신흥 사대부 '사' 자들만 대접을 받아야 하나요. 백일장, 휘호 대회, 그림을 그리고 관람하는 일은 예(藝)에서 노니는 서민들의 문화입니다. 인생은 나에게 술 한잔 사주지 않았다고 푸념해봐야 누가 알아줄까요. 우리네 인생이 그때 그거 해볼 걸, 해볼 걸, 걸, 걸, 껄껄대다가 저승으로 간다지요. 받으시게 따르시오, 주거니 받거니 어사주나 벌주나 수작(酬酌)하는 묘미는 한마음이 되는 건배입니다. 내 안에 그대의 목소리가 있습니다. 그 소리가 무슨 소리인고? "누가 오라 하였기에 가을이 벌써 왔단 말이냐?" 취옹선생의 추성부를 서글프게 읊조린들, 가는 세월을 어찌 붙잡을 수 있겠습니까? 남산에서 국화를 캐다가 동쪽 울타리에 심어놓고 인생의 석양을 즐겼다는 오류선생처럼 한 글자, 한 문장, 음률 넣어 오언절구면 어떻고 칠언절구면 또 어떻습니까. 굴원의 어부사도 독야청청 지내보니 궁색하나마 마음은 청아하고 그런대로 괜찮습니다.

쑥부쟁이, 구절초, 감국, 산국을 즐기며 국화주(菊花酒)를 마십니다. 술기운에 그동안 체면으로 졸라맸던 갓끈이 풀어집니다. 소슬바람이 상투머리를 빗질(風櫛)하며 지나가면, 알딸딸 앞에 앉은 사람 둘이런가 셋이런가 으스스 한기가 서립니다. 동여맸던 허리끈을 풀고 시원하게 한줄기~, "에헤라 디야~♪" 일 년 내내 바짓가랑이 안에 갇혀 있던 물건을 따끈한 햇볕과 신선한 바람이 거풍(擧風)을 시켜줍니다. 어느 누가 그토록 살가운 애무를 해줄까요.

가을은 남자의 계절입니다. 왜냐구요? 남자는 가을에 바람을 타니까요.

저도 어언간 붓을 들어 풍류를 논할만한 진달래꽃이 되었습니다. 진·달·래, 진짜 달라면 주느냐고요? 내 집 아궁이에 불 지피지 않는 '집밥'만 아니라면 몽땅 드립니다.

이 가을, '풍즐거풍(風櫛擧風)'의 낭만을!

숨죽이어, 숨 쉬지 않는 것처럼

— 병기사불식자(屛氣似不息者)

대청마루를 오르려면 마당에서 섬돌을 밟아야 한다.

> 옷자락을 잡고 당에 오를 적에 몸을 굽히시며, 숨기운을 감추시어 숨을 쉬지 않는 것처럼 하셨다.
>
> 攝齊升堂 鞠躬如也 屛氣似不息者 - 향당편

그 순간의 조심성, 요즘으로 치자면 집으로 들어갈 때 섬돌 대신 계단이나 엘리베이터를 타고 내릴 때의 예절이다. 엘리베이터는 올라서는 길이기도 하고 내려서는 길이기도 하다. 열리기도 하지만 닫히기도 한다. 열리면 공적인 공간이지만 닫히면 사적인 공간이다. 그 속에서의 광경은 각자의 사생활만큼이나 다양하다.

장난기 많은 가족이 타거나 꼬마 친구들이 몰려 탔을 때는 순간 꿈동산의 놀이기구처럼 신이 난다. 그러다 혹 낯선 사람이 타면 점잖은 척 서로 눈만 껌뻑이거나 '쉿!' 잠시 숨을 멈출 수가 있다. 은밀한 공간에 사랑하는 사람과 함께 탔더라면 아마 벽 쪽에 붙어 서서 살짝 뽀뽀 정도의 순발력을 보였으리라. 지금은 어떤가. 집안에서 삐걱거리며 오가던 말들을 가장 짧은 시간에 효율적으로 마무리할 수 있는 장소이기도 하다.

엘리베이터를 울타리 안이라고 여기는가. 내 집 현관문만 나서면 외출이다. 쓰레기 분리를 하러 내려가면서 옷고름을 동여매고 열두 폭 치마에 버선발로 의관 갖춰 탈 수야 없지만, 민소매도 아닌 끈 드레스로 어깻죽지를 드러내면 그 속살이 치맛자락 속에서 아른거린다.

모름지기 신기독(愼其獨)이라고 군자는 홀로를 삼가라고 했다. CCTV에 객쩍은 모습이 찍힐 수도 있다. '나 혼자인데 누가 보려고.' 무장해제는 곤란하다. 증명사진 찍듯 매무시를 다듬는 일은 봐줄 수 있지만, 입술을 벌려 립스틱을 칠한다든지, 삐져나온 코털을 뽑는 행위는 기분 좋게 술 한 잔 걸친 남정네가 한줄기 시원하게 오줌 세례를 하는 것보다는 낫겠지만 그래도 얄궂다.

얄궂기에는 늦은 시간 술에 취해 게슴츠레한 눈빛으로 빙긋이 웃는 이웃 남자 만큼일까. 아예 숨을 푸푸 내뿜고 있다. 시선을 피해도 사방에 붙어 있는 거울로 다 본다. 눈이라도 마주치면 취해서 미안하다는 혀 꼬부라진 인사말을 하려고 호시탐탐 기회를 엿본다. 그 꼴이 보기 싫다고 눈을 감았다가는 낭패를 당할 수도 있다. 어느 순간 기습적으로 달려들지 모른다. 난 영화 ≪겨울 여자≫ 속의 '이화' 캐릭터가 아니기에 따뜻한 가슴으로 그들을 안아줄 수가 없다.

이윽고 문이 열렸을 때의 해방감. 숨통이 트인다. 그래서 사람들은 건물 속의 내시경 같은 엘리베이터보다 밖의 풍광이 훤히 보이는 누드 엘리베이터 타기를 즐기는가 보다. 투명한 통유리 원통이 연인처럼 건물에 밀착되어 쾌속으로 오르락내리락할 때의 또 다른 쾌감이다.

밀폐된 공간은 공공장소가 분명하지만, 스마트족들은 이웃에게 인사는커녕 바로 옆에 있어도 집게손가락 하나로 사람을 밀어내는 힘이 있다. 엘리베이터보다 더 빠른 속도로 "ㅋㅋ" 카카오톡 대화를 하고 있다. 그들의 또 다른 소통로다. 나도 흉내라도 내볼까 꾹꾹 눌러보는데 벌써 목적지다. 빨리 걷지 못하여 신호대기에 걸린 사람처럼 한참을 멈춰 서서 마무리한다. 어줍은 내가 세상의 속도를 따라가는 모습이다. 그렇다고 괴나리봇짐을 짊어지고 내 집 22층까지 걸어서 올라갈 수는 없는 노릇이다. 어차피 함께 속도를 맞추며 살아야 한다.

나는 오늘도 무엇이 그리 바쁜지, 숨소리 헉헉거리며 외출에서 돌아온다. 이웃집 아저씨는 남의 속도 모르고 친절하게 엘리베이터 열림 버튼을 누르고 기다린다. "툭!" 하고 대책 없이 속옷 끈이 풀리지 않고서야 내 어찌 공자님처럼 숨 쉬지 않는 듯 숨기운을 감출 수 있겠는가.

"아~예! 먼저 올라가세요. 저는 우편물을 찾아가려고요."

후~우 가쁜 숨부터 고르자.

화, 꽃차로 피워내다

— 불천노 불이과(不遷怒 不貳過)

남자들이 뿔났다.

내가 담당하는 '고전의 향기' 반의 풍속도가 그렇다. 그냥 그러려니 넘어갈 수 있는 일에도 신경을 곤두세운다. 질문의 내용도 풍류나 해학 쪽이 아니고 도전적인 태도로 즉각 대답하기를 요구한다. 마음의 여유가 각박해졌다는 이야기다.

평생교육 프로그램은 입신(立身)을 위한 수업이 아니다. 마음을 수양하는 수신(修身)의 공부다. "공자 왈, 맹자 왈" 선비의 마음으로 느슨하다.

종강 날이 가까워져 오면 강좌가 잘 운영되었나를 살피는 설문조사가 있다. 설문지를 작성하는 시간은 그다지 오래 걸리지 않는다. 담당 직원이 수업시간에 들어와 15분을 소비했다는 이유로 성질이

급한 어느 분이 화를 내는 사태가 벌어졌다. 처음부터 방화하려는 것은 아니었다. 화는 기름을 부은 듯이 옆 사람에게 옮겨가더니 이참에 잘되었다 싶은지 어느새 논둑의 들불처럼 번져갔다.

정녕코, 나에게 화를 내는 것은 아닌데 내가 안절부절못한다. 집에서라면 얼른 그 자리를 피해버리면 그만이지만, 내가 나서서 난감한 분위기를 수습해야 하는 상황이다. 어린아이처럼 울어버리는 유치한 눈물로 끄기에는 불길이 이미 크다.

이런 경우, 여자들은 유연성이 있다. 일단 큰 목소리가 오가는 것이 싫기 때문이다. 좋은 것이 좋은 것이라는 여지를 두게 마련이다. 워낙 가부장적인 남자와 살아온 세월이 여기서도 눌리고 저기서도 눌리고, 하다못해 잠자리에서도 몸무게에 눌렸으니 잘도 참는다. 어디 무서워서 피하나. 더러워 보기 싫으면 안 보면 그뿐, 맞서서 이로울 게 없다는 것을 진작부터 안다. 마음이 부글부글 끓어도 시간이 지나면 다 삭아진다. 기다림이 향기로운 술이 된다는 처세술 몇 독 정도는 다 담가 본 저력이 있다.

그에 비해 남자들은 자신의 영역에서 고지를 점령했던 이들이다. 높은 곳을 바라보느라 발밑이 어두웠으니 날이 갈수록 정수리만 훈장처럼 더 빛난다. 추락하는 것에는 날개가 있다고 하던가. 추락하는 곳에는 절벽만 있다. 뭐든지 맡겨만 주면 아직 해낼 수 있는 의욕은 가득한데, 어느 틈에 새로운 점령군들이 깃발을 꽂아버렸다. 이정표 없는 길에서 내 발로 내려오자니 자존심이 상한다. 말이 좋아 어르신이지, 가는 곳마다 어르신이라는 단어로 밀어낸다. 내키지 않는 발걸음에 돌부리도 내 앞길을 막는 것만 같아 괜한 헛발길질이다.

자신의 처지를 인정하고 싶지 않음이다. "냅네!" 하느라 헛기침을 해보지만, 목에서는 가래만 끓는다. 내뱉는 심정으로 허공에 대고 호령을 해봤자 메아리도 휴식 중이다. 수업시간마다 곧잘 성질을 내던 어느 분이 어느 날부터 보이지 않는다. 앉았던 빈자리를 바라보며 궁금할 즈음, 왼손잡이가 되어 돌아왔다.

화를 내는 일은 인격을 무너뜨리는 일이다. 화가 날 때, 상대의 뺨을 한 대 후려치면 그 얼마나 후련할 것인가. 그러나 불끈 내지른 화통은 도리어 자신에게 쳐들어온다. 바람이 세차다. 역풍이다. 순식간에 몸의 균형이 깨진다. 화는 '중풍'의 전조등이다.

내 말이 옳다고 삿대질하던 오른손은 기능을 잃어버리고 글씨도 삐뚤빼뚤 왼손으로 필기한다. 이제 그분은 얼굴을 붉히며 화를 내지 않는다. 이 말 저 말 다 들어도 비뚤어진 입매로 그저 빙그레 웃을 뿐이다. 드디어, 득도(得道)의 경지다. '달마상'이 되었다. 다가가 슬며시 손이라도 붙잡아 드리면, 그예 참았던 눈물을 손등으로 꾹꾹 찍어낸다. 그런 분들이 어디 한두 분인가. 차라리 벼락같이 화를 내던 그 모습이 그립다.

> 애공이 "제자 중에서 누가 가장 배우기를 좋아합니까?" 하고 묻자, 공자 가라사대. "안회가 배우기를 좋아했습니다. 그는 노여움을 옮기지 않고, 과실을 두 번 거듭하지 않았습니다. 그러나 불행하게도 일찍 죽어, 지금은 없습니다. 그 후로는 그만큼 배우기 좋아하는 자가 누군지 알지 못합니다."
>
> 哀公問 弟子孰爲好學 孔子對曰 有顔回者 好學 不遷怒 不貳過 不幸短命死矣 今也則亡 未聞好學者也 - 옹야편

동쪽에서 뺨 맞으면 서쪽에 가서 분풀이해야 직성이 풀린다. 성인군자가 아니고서야 어찌 '불천노, 불이과'를 하겠는가. 그래서 사람이다. 속에서 치밀어 오르는 울화(鬱火)의 불꽃은 뜨겁다. 열 받으면 열자(列子)가 되어야 한다. 머리를 비우고 마음을 비우고 뱃속을 비워야 한다. 허심(虛心)사상으로 산책하듯 여생을 즐길 일이다.

그럼, 그렇게 잘난 척 말하는 너는 어떤가. 나, 나도 발끈발끈 화딱지가 뒤집힌다. 머리끝까지 화가 차오른다. 그러나 예전처럼 이불을 뒤집어쓰고 푹푹 증기를 뿜어내지는 않는다. 화를 손님처럼

맞아 살살 비위를 맞춘다. 화로에 물주전자를 올려놓고 작은 병 속의 잘 말려놓은 국화 장미 진달래 매화 소화… 어느 꽃을 먼저 피울까 궁리한다. 따뜻한 물속에서 피어나는 꽃의 자태가 곱다. 그동안 참고 견디어낸 세월의 눈과 비, 바람, 추위, 더위… 저마다 수신(修身)의 색과 향을 피워낸다.

이열치열이라고 했던가. 나는 화(火)가 나면 화(花)차를 우려낸다.

지지(知止)!

'이 메일에는 제발 답장 주지 마세요.'

메일을 읽는 순간, 정신이 번쩍 든다. 어디 한두 번 들은 소리인가. 새삼스러울 것도 없는데, 오늘따라 죽비소리가 들렸다. '저의 편지에 답장 안 해주셔도 되는데, 자상하신 손편지를 또 주셔서….' 라는 문구가 앞에 있기는 했었다. 나는 손편지를 자주 쓴다. 이전에는 푸른빛 잉크병에 펜을 콕콕 찍어 위에서 아래로 한 글자 한 글자씩 또박또박 전각을 하듯 마음을 박았다. 펜촉이 사라지면서 볼펜 글씨가 마음에 걸려 송화다식을 박아 내듯 색종이를 오려 붙인다. 뭐든지 하나 더 얹어야 직성이 풀린다.

사무적인 메일도 석 줄 오면 석 줄만 보내야지 싶다가도 길어진다. 그나마 다행은 모바일문자는 답하기가 쉽다. 글자 수를 제한하니 한 통만 보내도 된다. 그러나 카카오톡이 문제다. 오고 가고, 가고 오고, 길어도 상관이 없으니 소설 문구가 된다. 예쁜 이모티콘을 넣어 굿바이·굿나잇·예스·OK·하트모양을 무수히 날려보내도 내가 먼저 끝내지 못하여 술꾼처럼 밤새도록 사연을 푼다.

편지뿐일까. 까르르까르르 잘 웃는 어린 나에게 "웃음꽃이 길어지면 눈물꽃이 핀다."고 할머니는 말씀하셨다. 봄날, 친구 집에 꽃씨를 얻으러 갔다가 서로 바래다주는 것이 꽃피고, 잎 지고, 눈 위에 발자국이 다 녹아도 단박에 발길을 끊지 못하니, 다시 또 봄이 왔다.

그치지 못하는 것이 나의 병이다. 웃음만 헤픈 것이 아니라 친절도 헤프다. 멈추면 비로소 보인다고 했던가. 쉼 없이 사람들과 소통 중이다. 상대들은 어쩌다 한번 생각하는 것을 나는 그게 전부인 양 붙잡고 매듭을 풀려고 고를 찾는다. 뒤엉킨 실타래를 뚝 끊어서 가닥을 뽑아 쓰는 지혜가 필요할 때다. 남의 사연을 무시하지 못하니 밤낮 혼자 촘촘하게 삶을 뜨개질 하고 있다.

왜인가? 아버지는 엄마와 나를 두고 떠났다. 내가 여기 있다고 몸짓하지 않으면 또 누군가 내 곁에서 떠나지 않을까 겁내는 아린 상처의 트라우마 탓이다. 그 소외당함이 두렵다. 늘 남의 시선과 평가에 안테나를 세운다. 다 사이좋게 잘 지내고 싶다. 전생에 나는 취옹(醉翁) 선생의 후예였던지 상량상량(商量) 궁리가 많다. 어떤 이들은 글 쓰는 사람을 이중인격자라고 말한다. 나는 늘 생각이 많으니 이중을 넘어 '사중(思中)인격자'다. 마우스 하나로 로그아웃하면 닫히는 온과 오프가 분명한 사람이 되고 싶다.

'지지!' *지지(知止), 그칠 때를 알아라.

지지는 본능의 반응이다. 아기일 때부터 듣고 자란 입말 '지지'를 잊고 사는 동안, 내 양심의 규방은 비어 있다. 본마음은 외출 중이다. 어디에 갔나. 저런~! 행랑채에 손님과 노닥이고 있다. 어느 불청객은 벌써 내 방에서 떡 하니 주인행세를 하고 있다. 그들의 이름은 '주·색·재·기(酒色財氣)'다. 술손님, 호색손님, 재물손님, 건강손님이 내 방에서 서성이며 나를 알아서 잘 모시라고 엄포를 놓는다.

그렇다. 기분이 좋아도 한잔, 나빠도 한잔 홀짝홀짝 술을 자주 마신다. 느닷없이 강가에서 휘파람을 불어주던 소년이 그립기도 하다. 내가 가장 가난하다고 여기던 시절, 나는 목돈 1백만 원만 있으면 베풀고 살겠다고 다짐했었다. 지금 나는 당장 생계비로 쓰지 않아도 되는 통장을 양손에 쥐고도 성에 차지 않아 만리장성을 쌓는다. 만리장성이 무슨 소용인가. 건강해야 다 지킨다며 좋은 음식을 찾아 먹으며, 점점 마른 표고버섯같이 변하는 얼굴을 외면하고, "거울아, 거울아 누가 제일 예쁘냐?” 나르시시즘에 빠져 아침저녁 거울을 본다.

결코, 나는 어느 욕망에서도 벗어나지 못하고 있다. 나를 미혹시키는 호객꾼들을 잘 대접하여 고깝지 않게 보내줘야 한다. 그러나 짧은 문자나 편지 한 통에도 마음의 허세를 다 쏟아붓는 성정이니, 그 무엇을 매몰차게 따돌릴 수 있을까. 다 껴안고 접대하면서 살기에는 나는 벅차다. 공연히 기를 쓴다. 쓸데없는 객기(客氣)다.

> 명성과 생명, 어느 것이 절실할까. 생명과 재화와 어느 쪽이 소중할까. 소득과 망실, 어느 것이 걱정일까. 그러므로 심히 애착하면 반드시 크게 소모하고, 재화를 많이 간직하면 반드시 엄청나게 손실한다. 욕망을 눌러 스스로 만족함을 알면 욕되지 않고, 분수를 지켜 자기 능력의 한계에 머물 줄 알면 위태롭지 않아, 언제까지나 편안할 수가 있다. (知足不辱 *知止不殆 可以長久)
>
> – 노자 도덕경 44장

‘지지!’ 지지만큼 내게 경을 치는 말이 또 있을까. 만물이 소생하는 계절이다. 개나리, 진달래 길섶에 양지꽃과 제비꽃, 꽃은 꽃에 맡기자. 새 가방 메고 입학하는 학생들, 결혼하는 신랑 신부들, 새로 입사한 산업의 역군들, 시작하는 모든 생명에 희망을 맡기자. 그럼,

나는 뭘 하지? '지지!' 우선 멈추자. 남들에게 잘 보이고 싶은 욕심을 싹둑 자르자. 이제 노자의 이름을 빌려 "노자 노자, 젊어서 놀자♬" 나는 한동안 객석에 앉아 응원의 박수나 보내자.

기다리던 봄이다.

차라리, 막대 걸레를 잡겠다

— 오집어의(吾執御矣)

"위대하다, 공자여! 박학하였으나 이름을 낸 것이 없구나."

달항 사람들이 당시 소득 없는 인문학을 하는 공자를 빗대어 빈정대는 말이다. 공자께서 그 말을 듣고 제자들에게 "그래, 내 무엇을 전문으로 잡아야 하겠는가? 마부를 할까? 아니면 활 쏘는 일을 할까? 나는 마부가 되겠다."

達巷黨人 曰 大哉 孔子 博學而無所成名 子聞之 謂門弟子曰 吾何執 執御乎 執射乎 吾執御矣 - 자한편

그래, 내가 무슨 일을 할까? 운전대를 잡을까? 펀드를 할까. 로또를 살까. 나는 차라리, 대리운전을 하겠다고 제자들 앞에서 공자가 한탄하는 장면이다.

어쩜 엄마는 전생에 내 딸이었을지 모른다. 나는 부산으로 시집 오던 날, 엄마를 떼어버렸다. 그래도 일 년에 한두 번 친정 나들이 때마다 엄마는 서울역에 배웅을 나오셨다. 친정에 잠시 다니러 간 사이에도 오랜만에 만나는 친구들 모임에도 엄마는 언제나 내 꽁무니를 쫓아다니셨으니, 차만 타면 쌩하니 달려오고 싶었다. 엄마는 입장표를 끊어 차가 떠날 때까지 차창 밖에 서 계셨다. 당당하지 못하게 눈물을 훔치며 눈이 벌게지도록 우셨다. 부산에 오면 전화로 "모질고 독한 ×" 넌 울지도 않더라고 했다. 내가 대전쯤 떨어진 거리에서 속으로 울음을 삼키다가 설움에 얹히는 것을 엄마는 모르셨다. 직장 동료들이 결혼하면서 '너처럼 엄마를 좋아하는 딸을 낳고 싶다.'라고 했던, 나는 엄마의 하나밖에 없는 딸이다.

어릴 적, 엄마의 캐릭터는 '박복한 년'이었다. "서방 복 없으면 자식 복도 없다"는 말씀을 후렴구처럼 외셨다. 내가 태어나서 엄마의 팔자가 그리되었다고 생각했기에 나는 원죄설에 걸렸다. 늘 엄마 곁에서 절절매며 숙명처럼 엄마를 돌봐야 했다.

나 없으면 혼자 길음동 육교도 건너지 못할 거라는 걱정과는 달리 엄마는 씩씩하게 홀로 서기를 하셨다. 남과 맞서 싸울 줄 모르는 엄마는 장사 같은 것은 생각도 못 하고 국수 공장이나 스테인리스 공장을 다니면서, 동네의 반장이나 통장 노릇도 하셨다. 그러다 용기를 내어 빌딩 청소일을 시작하셨다.

내가 연년생 아들 둘을 업고 안고 친정에 가면, 길음동 꼭대기 막다른 골목집 파란 철 대문은 늘 잠겨 있었다. 낮에 서울에 도착하면 나와 아이들은 갈 곳이 없다. 나는 엄마가 일하는 남대문 시장 앞 'L사옥'으로 갔다. 빌딩 탕비실에 가서 엄마의 일이 끝날 때까지 기다렸다. 다른 아주머니들이 잠시 쉬러 들어오면 요구르트와 빵을 나눠 드리며 아무개 아줌마 딸이라고 인사를 했다. 그분들이 묻지도 않는데, 엄마는 우리 딸이 부산서 새마을호를 타고 왔다고 자랑에 신이 나셨다.

그렇게 강산이 두 번 바뀔 즈음, 더는 무릎을 쓸 수 없어 인공관절 수술과 함께 엄마는 생업을 그만두셨다. 딸이 아이 둘을 낳아도 해산바라지 한번을 제대로 못 해줄 정도로 바쁜 중년을 보내셨다. 그 세월 동안 내 아이들은 성인이 되었고 나도 지금 예전의 엄마처럼 일하러 다닌다. 때마침 방학이라 수술요양차 엄마를 부산으로 모셔왔다.

학부모교육원에 특강이 있어 매일 오전에 나갔다. 12시에 수업이 끝나는데 11시 30분쯤 되면 그때부터 자꾸 전화하신다. "언제 오니?" 다시 시집오기 전 그 시절로 돌아가 아이 보채듯, "올 때, 회 좀 사와라." 순대나 족발, 치킨 등 주문도 많다. 나는 짜증이 났다.

내가 어떤 상황에서 어떤 일을 하고 있는지 생각도 안 하고 먹는 타령이라니…. 이것저것 장을 봐 지하 주차장에 도착하면 시동을 끄고 한참을 멍하니 앉아있다. '그때나 지금이나 하나도 변한 것이 없구나!' 집에 들어가기 싫다. 엄마의 투정을 들어 줄 귀도, 봐줄 눈도, 맞장구칠 입도 여력이 없다. 부글부글 분한 마음이 치밀었다.

겨우 마음을 추슬러 들어와서는 식탁 위에 음식을 차려놓고 소주부터 한 병 딴다. 반주다. 색다른 음식이니 소화를 시키려면 우선 술로 위장 속부터 씻어내야 한다. 오이소박이 속의 새우젓 눈만 봐도 당기는 것이 술이니 어쩌랴. 엄마는 열일곱에 시집와 열여덟에 나를 낳았다. 군에 간 남편이 객지에서 다른 여인과 합방을 했으니, '조강지처'란 이름만 있던 엄마였다. 박복한 년의 허기를 채우는 것은 시부모도, 어린 자식도, 꽁보리밥도 아닌, 부엌 시렁 위에서 누가 볼세라 몰래 꺼내 마시는 술이었을 것이다.

저녁 식사시간에 술을 마시면, 술이라고는 제사지내고 음복도 못하는 사위 앞에서 혹은 외손자들 앞에서 얼마나 눈치가 보이셨을까. 아니, 정작 엄마는 "김 서방도 한잔" 하라고 권하지만, 딸인 내가 톡톡거리며 방어를 하니, 그 또한 민망하셨을 터이다. 엄마가 점심때 나를 기다리는 것은 당연하다. "엄마, 김 서방 앞에서 술 마시지 마세요." "엄마, 우리 아이들 앞에서 팔자 타령하지 마세요.” 엄마 품에서 살던 27년 세월을 지워버리고, “엄마, 우린 드라마 안 봐요.” “엄마, TV 볼륨 좀 줄이세요.” 엄마, 엄마, 또박또박 부르며 엄마를 가르치려 들었다.

두어 달 머무시는 동안, 모녀관계가 서먹하기 이를 데 없다. 만약에 고부간이라면 지켜야 할 도리가 있으니 참고 양보한다지만, 모녀간은 솔직한 감정대로 표현하니 서로 서운함만 쌓였다.

엄마는 수술 부위가 쾌차하여 부산을 떠나면서 말씀하셨다. “넌, 예전의 내 딸이 아니다.” 네가 밖에 나가 사람들한테 뭘 가르치고 돌아다니는지 몰라도 “네가, 너무 훌륭해졌다.” 나는 네가 자랑스러울 때가 있었다. 내가 빌딩 계단에 엎드려 금색 신쭈(놋쇠)를 수세미로 광내고, 마대걸레로 복도를 닦을 때, 너는 양복 입고 넥타이 맨 사람들이 보는 앞에서 “엄마, 나 왔어요.” 환하게 웃곤 했었다. 그때 “내 딸이 세상에서 누구보다 자랑스러웠다.”고 하셨다.

지금, 나는 무엇을 잡을꼬? 칠판 앞에서 분필을 잡을까, 마이크를 잡을까. 엄마는 차라리 그때 그 시절로 돌아가고 싶다고 하신다. 나는 요즘 사람들 앞에서 논어를 강독하고, 글을 발표하면서 고상한 척 ‘안다이박사’(博物君子) 노릇을 자주 한다. 나의 엄마는 평생, 누구의 부인, 누구의 사모님, 누구의 아내로 살지 못했다. 호미 들고, 행주 들고, 걸레 들고, 대형청소기를 힘겹게 돌리며, 지켜온

'어미'의 자리이다. 그 자리를 주눅이나 들게 하는 나는 못된 딸이었다.

삶은 달걀을 까 놓은 듯 피부가 남보다 유난히 고왔던 우리 엄마. 꽃다운 시절 엄마가 세파에 시달리지 않고 할 수 있었던 일은, 뭇사람들 시선에서 벗어나 엄동설한에도 새벽 버스를 타던 일이었다. 딸아, 참으로 위대하다! 너는 널리 배워서 무엇을 얻으려는가. 공자처럼 지성선사(至聖先師)가 되려는가. 명예를 얻으려는가. 부를 얻으려는가. 차라리, 봄볕에 나가 쑥을 한 바구니 뜯으면 뱃속 따뜻하게 쑥국이나 끓여 먹지.

어느 사람은 논어로 수필을 쓰지 말라고 하는 사람도 있다. 성인의 말씀이 너무 크기 때문이다. 나같이 부박한 사람이 어찌 깊은 학문을 쓰겠는가. 공자님 말씀을 내 눈높이에서 읽으며, 내 이야기를 한다. 내가 이야기할 수 없는 것은 진정한 내 것이 아니다. 내가 이야기할 수 있는 것만이 내 것이다. 부끄러운 상흔이 드러나더라도 나는 나다.

아~, 아름다운 세상

— 서자여사부(逝者如斯夫)

나는 비상을 꿈꿨는지도 모른다. 어느 날, 문우 '빙호'가 자신에게 비문증이 있다고 했다. 비문증(飛蚊症), '비문증'이 뭐냐고 물으니 눈앞에 나비가 날아다닌다고 했다. 순간, 나는 노랑 배추꽃 연보랏빛 무꽃을 떠올렸다. 문학을 하는 사람이라면 비문증 정도의 근사한 병명 하나 지녀도 괜찮을 성싶었다. 은근히 병명에 매료되어 비문증을 동경까지 했다.

"가는 세월, 그 누구가 막을 수가 있나요. 흘러가는 시냇물을 막을 수가 있나요♬" 스무 살 무렵, 눈을 지그시 감고 이 노래를 부르면 어른들이 나무라곤 했었다. 그때는 서른 살이 되는 것도 아주 멀리 있는 줄 알았다.

공자, 가라사대. 시냇가에 계실 때, "가는 것이 이 물과 같구나! 밤낮을 그치지 않는구나!"

子在川上曰 逝者如斯夫 不舍晝夜 - 자한편

세월이 간다. 공자가 살던 춘추전국시대에도 흐르던 물이 지난해에도 흐르고 올해도 흐른다. 잠시도 쉬지 않고 흐른다. 물은 그 물인데 물가에 앉은 사람만 바뀔 뿐, 변함없는 것은 온 것은 반드시 간다는 사실이다.

물론 공자님은 물을 바라보며 자기 성찰을 하는 데에 제자들에게 털끝만치도 게으르지 말라는 말씀이다. 어쩌면 주유열국의 길 위에서 갈 길은 멀고 마음이 조급한 자신의 신세 한탄이었을지도 모른다. 그 어른의 깊은 품을 내 어찌 들여다볼까.

처음에는 한 마리인 줄 알았는데 한두 마리가 더 어울려 다닌다. 파리인가. 모기인가. 보지 않으려고 반나절 눈을 감고 누워 있었다. 어둠 속에서도 보인다. 마치 떠나간 '첫사랑'처럼 눈을 마주칠 수도, 만질 수도 없는 가혹한 만남이다. 내 의지대로는 도저히 떨쳐버릴 수 없는 이 인연은 대체 무엇인가. 친해지려고 다가가면 소리 없이 내뺐다가 다시 성가시게 아른거린다.

'비문' 이놈은 거의 스토커 수준이다. 날마다 내 눈앞에서 나폴거리며 날아다닌다. "점점 더 멀어져 간다. 머물러 있는 청춘인 줄 알았는데, 또 하루 멀어져간다. 매일 이별하며 살고 있구나." 오늘은 이런 노래를 부르고 싶다. 날아온 날이 있으니, 분명히 날아갈 날도 있을 것이다. 플래시 불빛처럼 번쩍이는 섬광증보다 속도감이 견딜만하다. 이왕 내 눈앞에 등극하였으니 '비문 마마님' 이란 귀한 첩지 하나 내려준다. 윗방에 모시고 수렴청정하며 살겠노라고 아양을 부린다.

마마님을 모시고 안과의사 현석 씨에게 가니, 병명 처방을 '매화꽃잎'이라고 한다. 이른 봄, 바람에 휘날리는 꽃잎이란다. 그 이름 또한 근사하지 않은가. 내 눈 안에서 금세 '설중매' 꽃잎이 화르르화르르 피어나고 있다. 나는 드디어 비상을 꿈꾸게 된 것이다.

아~ 아름다운 세상, 세월의 강에 꽃잎도 따라 흐른다.

감성, U턴하다

—루시모드 몽고메리의 ≪ANNE≫을 읽고

사십, 오십(四十五十)

'앤셜리'호를 타고 책 속의 여행을 떠난다. 초록빛 나무들과 잘 익은 과일들이 있는 마을의 오솔길, 캐나다 세인트 프린스 에드워드 섬. 그곳에서 "주근깨 빼빼 마른 빨강머리 앤, 예쁘지는 않지만 사랑스러워♬" 앤의 노랫소리가 들린다.

어릴 때, 빨간 머리 앤에게 한 번 정도 빠지지 않고 자라난 여자 아이들이 있을까. 책을 읽다가 문을 열어놓고 자면 앤이 문밖에서 자꾸 기웃거린다. 밖으로 나와 물 한 잔을 마시고 들어가면 앤은 문앞에서 또 재잘거리며 채근댄다. 때론 말이 너무 많아 멀미가 날 지경이다. 하지만, 앤의 감성에 감염되면 이튿날 아침 늦잠을 자야만 했다.

≪ANNE≫의 작가 루시모드 몽고메리(1874-1942), 그녀 또한 소설 속의 주인공인 앤과 마찬가지로 부모의 사랑을 받지 못하고 자라난다. 고지식하고 급한 성격의 외할아버지와 감수성이라곤 없는 외할머니의 손에서 가난한 어린 시절을 보낸다.

어른이 되고 나서 루시모드는 이런 허세를 그린게이블즈 '빨강머리 앤'으로 그려낸다. 앤은 모드의 자전적 소설일 수밖에 없다. 캐나다의 애번리 마을에서 매슈와 그의 누이 머릴러가 농사일을 위해 사내아이를 입양하기로 하지만, 착오가 생겨 여자아이가 오게 된다. 빨강 머리 앤은 수다쟁이에다가 엉뚱한 상상을 즐기는 천진난만한 소녀다. 낯선 환경에서도 특유의 밝은 성격으로 적응해 간다.

앤은 연필을 깎기도 하고 책상 속의 그림카드를 정리하기도 하면서 꽃처럼 피어났다. 매슈는 앤이 무슨 말을 하든 "그럴 테지." 들어줌으로써 앤의 상상력을 도와준다. 머릴러는 앤이 늘 작은 공작새처럼 으스댄다며 언제나 변함없이 아무 장식도 없는 수수한 옷을 만들어 입힌다. "그 이야기인지 뭔지를 쓴다는 것만큼 쓸데없는 일은 없을 게다. 책을 읽는 것만도 시간을 많이 잡아먹는 데 쓰기까지 하다니…" 머릴러는 앤의 상상력을 곳곳에서 가로막으며 물질이든 정신이든 허영에 들뜨지 않도록 이끌어준다.

머릴러의 목소리가 꼭 지금의 내게 하는 말처럼 와 닿는다. 나는 글을 쓸수록 감성이 풍부해질 줄 알았다. 그러나 날이 갈수록 감성이 마른 표고버섯처럼 쩍쩍 갈라지는 것을 느낀다. 마음이 건조하니 곁에 있는 가족들의 마음까지 긁을 때가 많다. 지켜보던 남편도 마음이 편안하지 않았던지 무거운 택배로 선물을 보내왔다. 빨강머리 ≪ANNE≫ 앤이었다. 아내에게 주는 선물치고는 장난스럽다. 마음이 봄물처럼 촉촉하게 차오르는데 큰아이는 덩달아 "어! 누가 엄마캐릭터를 보내왔어요?" 한 술 더 뜨며 부추긴다.

≪ANNE≫을 읽는 동안 내내 행복했다. 우리가 애니메이션 동화로 아는 내용은 각 권 오백 쪽 분량의 10권 시리즈 가운데 제1권이다. 루시모드는 다른 이들의 인생을 밝게 그린다. 유년부터 노년에 이르러 영원히 잠드는 순간까지 태양처럼 밝게 비춰주는 사람이 되고 싶어 한다. 루시모드에게 '글쓰기'란 자신의 마음을 치유하는 수단이다.

나이를 먹었다고 해서 어른이 되는 것은 아니다. 어쩌면 가장 미혹되고 싶은 나이가 사십이 아닌가 싶다.

공자, 가라사대. "나이 사십이 되어도 나쁜 마음이 나타나 보인다면 더 볼 것이 없다."

子曰 年四十而見惡焉 其終也已 - 양화편

나이 사십 오십이 되어도 무언가 잘한다는 소문이 없으면 후학들이 두려워할 것이 못 된다.

四十五十而無聞焉 斯亦不足畏也已 - 자한편

≪論語≫에서 공자가 두 번 세 번 말하는 사십이나 오십이라는 나이의 지칭은 아마도 자신을 뒤돌아볼 수 있는 예시의 숫자일 것이다.

오월의 꽃은 지난여름에 피었다가 시든 꽃의 넋이라고 한다. 나는 지금, 오월에 머물고 있다. 화양연화 5구간 9번 출구 앞에 서 있다. 멈칫 정신을 차리고 보니 내려야 할 곳을 놓친 것도 같고 더 가야 할 것도 같다. 진즉에 지명(知命)의 세월을 맞이하고도 길모퉁이에서 서성인다.

여태까지 나는 내가 잘살고 있다고 생각했었다. 요즘 나는 어설픈 잣대와 저울추를 들이대고 사람들의 장단과 경중을 재고 있는 내 꼴을 본다. 이런 내 모습이 낯설다 못해 겁이 난다. 나 자신이 나에게서 너무 멀리 왔다는 느낌을 떨쳐버릴 수가 없다.

인동초(忍冬草) 꽃을 머리에 꽂고 정신을 향기롭게 하고 싶다.

앤처럼 나는 아직도 철이 없는지 예쁜 원피스를 보면 사고 싶어 눈앞에 아른거린다. 흰머리 소녀가 되어서도 제비꽃 풀꽃 반지를 끼고 멜빵이 달린 긴치마와 소매를 부풀린 흰 블라우스, 그리고 프릴 달린 앞치마 마련에 공을 들인다. 그러나 그 치렁치렁한 치맛자락의 꿈을 언제 제대로 펼칠 것인가. 앤과 같은 긍정적인 상상의 나래를 펴고 싶으나 이미 머릿속은 칡넝쿨과 등나무로 갈등을 겪고 있다. 레이스 하늘거리는 '풀꽃 소녀'는 어디로 가고 고무줄 바지의 '와락 여사'로 점점 목소리만 크다.

그중 '사람과 사람 사이'의 관계가 어렵다. 남에게는 너그러운 척해도 정작 보잘것없는 내 자존감을 지키려고 바늘귀구멍만큼의 틈도 주지 않는다. 착해 빠져서 조금 덜떨어진 사람, 조금 모자라는 사람으로 살면 또 어떤가. 이제 더 얻고 더 잃을 것이 무엇인가.

오직, 앤셜리의 감성으로 돌아가고 싶다. 마음의 고향, 그곳이 너무 멀어지기 전에 돌아가자. 지금, ≪ANNE≫을 읽는 것은 나에게 방향제시 등(燈)과 같다. 신호가 깜빡이는 여기가 바로 감성의 U턴 지점이다.

그동안 내가 어줍게 추구하던 허세의 깃발을 내리자. 싱그러운 유월의 숲으로 들어가 앤의 감성으로 낭만을 즐기자. 진한 술 한잔으로 건배할 수 있는 벗이 내 낭만의 손님으로 찾아왔으면 좋겠다.

3

학운에 중독되다

彬彬

彬彬

밥 먹는 것도 잊다

— 발분망식(發憤忘食)

어찌 밥 먹는 것을 잊을 수 있을까. 수업시간에 "밥 먹는 것도 잊고 하는 것이 무엇인가?" 물으니, 모두 뜨악하게 나를 쳐다본다. 그러면서도 각자 자기 놀이 속으로 들어가는 것을 보니, 밥 먹는 것은 주로 즐거울 때 잊는 모양이다.

나는 주부이면서 종종 밥하는 것을 잊을 때가 있다. 어두워진 것을 잊고 하는 짓들이다. 산책길에 토끼풀을 보면 네잎클로버를 찾느라 땅거미가 내려와 내 정수리에 붙었는지, 곁에 어떤 사람이 오가는지도 모르고 들여다본다. 또 책을 읽을 때 주위가 온통 캄캄해도 눈의 동공만 환하게 불을 켠다. 이렇게 말하면 누군가 '에이! 재미없어, 또 잘난 척'이라고 할지도 모른다.

틈만 나면, 하고 싶은 것이 무엇인가. 만약, 마음을 부리는 심술에 밝고 승부욕을 즐겼다면 화투나 인터넷 게임으로 사람들과 둘러 앉았을 것이다. 나는 홍싸리와 흑싸리 초단과 홍단은 익히 알고 있으나 셈은 밝지 못하다. 이기는 것도 싫고 지는 것도 싫다. 먹고사는 일은 사람들하고 어울려 같이해도 노는 일은 혼자서도 잘 논다.

한때 나는 책 읽는 것보다 더 즐기는 것이 있었다. 바늘을 가지고 노는 일이다. 결혼하기 전에는 구정 뜨개질로 소일했다. 결혼 후, 한창 퀼트에 빠졌을 적에는 잠깐 서는 버스정류장마다 내리고 싶은 충동을 느꼈다. 궁둥이를 잠시 붙일 편편한 곳이면 무조건 자리 잡고 앉아 바느질하고 싶어 안달했다. 난 정말 정성껏 잘 차린 밥 따위는 안 먹어도 살 수 있지만, 우리 입맛 좋은 식구들은 어찌할 것인가. 밥시간 맞춰 집에 들어오는 남편과 아이들도 귀찮게 여겼으니, 바느질 도구들을 "확! 불살라 버린다."라는 엄포가 거실에 떨어졌다. 그렇다고 어찌, 하던 짓을 단박에 끊을 수가 있는가. 들락날락 눈치를 살피며 가족이 다 잠들기를 기다렸다가 몰래 일어나 독수공방 바느질로 밤을 지새웠다. 모르는 누군가 보았다면 바느질로 가족을 먹여 살리는 줄 알았을 것이다.

섭공이 자로에게 공자에 대해서 물었다. 자로는 대답하지 않았다. 공자, 가라사대. "너는 어찌 그 사람됨은 분발하여 먹는 것도 잊고,

즐거워하여 걱정거리를 잊어버리며, 늙음이 곧 다가오는 것도 알지 못한다."라고 말하지 아니했는가.

葉公 問孔子於子路 子路 不對 子曰 女奚不 曰 其爲人也 發憤忘食 樂以忘憂 不知老之將至云爾 - 술이편

위 문장은 군자의 학문하는 자세다. 너무 즐거워서 근심 걱정도 잊어버리고 늙음이 오는 것조차 몰랐다고 공자님은 말씀하신다. 어둠이 오는 것을 모르니, 세월이 가는 것을 어찌 알겠는가.

나는 요즘, 바느질에 시들하다. 일부러 숙제처럼 마음먹지 않으면 엄두가 안 난다. 바느질이야 숙련된 땀수 조절을 하면 될 것이다. 바늘귀도 신통한 기구가 나와 제 알아서 꿰겠지만, 그외 준비해야 하는 도구들이 점점 많아진다. 돋보기, 확대경, 커피, 물, 비타민, 푹신한 방석을 다 갖춰도 금방 눈앞에 '비문증'의 푸른 점박이 나비가 눈앞에 날아다니고 머리가 지끈거리며 허리가 뒤틀린다. 어디 갑갑증만 나는가. 조급증도 일어선다. 한 땀 한 땀, 한 코 한 코, 세월아 네월아 과정을 즐기던 일이 빨리 완성품을 보고 싶다. 우물에서 숭늉을 찾는 격이다. 달력을 보며 날짜에 빗금을 치지 않아도 마음이 바쁘게 먼저 나선다.

문화센터 강좌들이 왜 삼 개월 단위로 편성되는지 이제야 알겠

다. 나 같은 사람 때문이다. 작심하여 삼 개월을 넘기는 것, 그것 또한 지키기 어려운 내공이다. 삼 개월만 잘 견디어 내 몸과 내 마음에 붙일 수 있다면 오래도록 할 수 있다. 말이 쉽지, 그 한 계절 견디기가 힘들다. 지나간 세월이야 어쩔 수 없지만, 앞으로 삼 개월, 삼 년, 삼십 년을 한결같이 밥 먹는 것도 잊을 정도로 즐길 수 있는 일이 과연 나에게 무엇일까.

하루 세끼 밥 먹는 것은 고사하고, 이 글을 쓰는 지금 컴퓨터 앞에서의 집중도 게으르다. 안 먹어도 배가 부른 경지, 아직 나는 글이 밥이 되지 못하니 딱한 노릇이다.

설령, 거친 밥을 먹더라도

—반소사 곡굉이침지(飯疏食 曲肱而枕之)

먹어도 먹어도 나는 살이 안 찐다.

한동안, 나의 별명은 '피죽 한 그릇'이었다. 피죽 한 그릇이라는 가난한 별명에 억울해할 것도 없다. 지금이야 제법 살이 붙었지만, 그 당시 나는 금방이라도 쓰러질 것처럼 걸어 다녔다. 오죽하면 새댁시절 시어머니께서 대문이 부끄럽다고 말씀을 하셨을까.

그렇다면, 정말 사흘에 피죽 한 그릇도 제대로 못 얻어먹었을까. 다른 것은 몰라도 나는 먹는 일에는 치열하다. 점심때 혹시 약속하지 않은 누구를 만나게 되면 끼니를 놓치게 될까 봐 혼자 시간 맞춰 먹고 다닌다. 한 끼만 걸러도 허리가 접히며 손발이 떨리고 어지럼증마저 일어난다. 이렇듯 잘 챙겨 먹는 것에 비해 예나 지금이나 그다지 경제적인 체질은 아니다.

나의 위(胃)는 정확하다. 용량초과를 견디지 못한다. 양으로만 용량을 재는 것이 아니라 음식의 질도 측정한다. 조개 칼국수나 쌈밥 정도의 소박한 밥상이라면 맛있게 먹는다. 그러나 기름진 고기를 곁들인 돌솥밥 정도로 밥값이 일단 만 원 이상이 넘으면 그예 또 반응한다. '비상' 신호에 걸린다.

설사한다. 어떤 사람들은 설사를 잘하는 나를 부러워한다. 어찌하면 설사를 할 수 있느냐며 그 비법을 가르쳐 달라고 한다. 나에게는 찬 우유나 팥빙수와 같이 얼음도 효과적이지만 아구찜이나 낙지볶음 등의 매운 음식도 직방이다.

몇 년 전의 일이다. 내 수업에 들어오는 수강생 중 어느 여성과 식사를 하게 되었다. 외모가 세련된 그녀의 스마트한 차를 타고 바다가 훤히 내려다보이는 식당에 갔다. 이층으로 오르는 계단에 제라늄, 튤립, 페튜니아 꽃이 화사하고 실내에는 말린 꽃들의 허브향이 그윽했다. 나는 그 고급스러운 분위기에 압도되고 말았다. 이윽고 잘 구운 스테이크가 나오고 펭귄 차림의 종업원이 음악의 선율에 맞춰 붉은 와인을 따라 주고 있었다.

분위기로 보아 밥값도 비쌀 것이라 생각하니 아랫배가 사르르 불편해지기 시작했다. 부담스러운 분위기를 이겨내지 못하고 "오늘, 술값은 제가 낼 게요."라고 얼른 말했다. 그녀는 나와 종업원의 눈길을 피하며 아주 작은 목소리로 "선생님, 괜찮아요." 한다. 나는 당당해지고 싶었다. "내가 술을 좋아해서 그래요. 술값은 내가 낼게요." 그날 집에 오자마자 나는 물총 설사를 했다. 와인은 식사를 하면 요리에 덤으로 따라 나오는 것을 나는 몰랐었다.

신세를 지면 자유를 잃는다고 했던가. 나는 누가 사주는 밥을 그다지 좋아하지 않는다. 각자 오륙천 원씩 내고 화기애애 밥을 먹으면 좀 좋은가. 누군가 "오늘 밥값은 내가 쏜다."고 선언을 하는 순간부터 밥값을 내는 사람의 이야기를 경청하게 된다. 그때부터 소심한 나는 이 마음 저 마음 다 헤아려 '오늘 밥값은 해야 한다.'라는 사명감에 쓴맛 단맛 간장(肝臟)의 비위를 다 맞춘다.

> 공자, 가라사대. "거친 밥을 먹고 물을 마시고, 팔을 굽혀 베개 삼아도, 그 속에 즐거움이 있다. 의롭지 않은 부와 또 귀한 것은 나에게 뜬구름과 같다."
> 子曰 飯疏食飮水 曲肱而枕之 樂亦在其中矣 不義而富且貴 於我 如浮雲 - 술이편

분수에 맞지 않는 밥과 자리는 나에게 설사와 같다. 뜬구름이다. 나는 요즘 그냥 편안하게 살고 싶다. 나이가 들어서도 앉을 자리,

설 자리 톡톡 털어 가리면 '저러니 살이 안 찌지.' 얄미운 여자로 보일 것 같아 어색한 자리에 곧잘 따라간다. 끼어 앉은 방석에서 얻은 후식은 그놈의 정(情)이다. '한솥밥이 주는 정'이라는 인정에 이끌리게 된다. 그런데 먹고 나면 손가락에 밥풀만 끈적일 때가 더 많다. 말랑말랑할 때 빨리 되갚아야겠다는 조급한 '청렴'이 오지랖을 펴기 때문이다.

그날도 나는 당당하게 밥을 먹고 싶어 지갑부터 꺼내 들었다. 그런데 지갑을 여니 카드만 몇 장 있고 천 원짜리 뿐이다. 지난번에도 그랬었는데 또 그런 사태가 벌어졌다. "선생님, 선생님이 무슨 연예인이십니까?" 현금은 안 들고 다니고 얼굴만 들고 다닌다는 우스갯소리다. 집에 와 그 말이 재미있어 "연예인인 줄 아세요?" 마치 내가 연기자라도 된 듯 신이 나서 흉내를 내는데, 남편과 아들의 표정은 얼음도 깰 듯한 눈초리다.

아들이 지갑을 사주고 남편은 "신사임당 여사는 부적으로 쓰고, 세종대왕으로는 동작 빠르게 밥값을 내라."며 지갑 안에 현금을 넣어주었다. 나의 마음과 상관없이 그런 내 모습이 상습범으로 비췄을 것이라며 식구들이 몹시 서글퍼했다.

여럿이 함께 먹은 밥값을 내가 혼자 다 내는 것도, 슬그머니 뒤로 나앉는 것도, 깔끔하게 내 밥값만 내기도 어렵다. 어디 꼭 음식뿐이겠는가. 차돌박이처럼 차갑고 매끄러운 이성(異性)도, 문진 같은 묵직한 지성(知性)도, 무조건 밥주걱 들고 퍼주는 감성(感性)도 마다하고 싶다.

눈칫밥으로 설사하여 얻는 S자 몸매가 아니라도 괜찮다. H라인이나 D라인이 될지언정, 그저 마음이 맞는 사람들과 밥을 핑계 삼아 소통을 하고 싶다.

내 밥값은 내가 내고, 마음을 살찌우는 푸근한 밥을 먹고 싶다.

꿈엔들 잊히리오

— 몽견주공(夢見周公)

꿈에서도 내 편이 되어주는 사람이 있다면 얼마나 좋을까.

공자, 가라사대. "심하도다. 나의 노쇠함이여! 오래되었도다. 내가 다시는 꿈속에서 주공을 뵙지 못하였다.

子曰 甚矣 吾衰也 久矣 吾不復夢見周公 - 술이편

공자는 늘 주공(周公)을 그리워하며 섬긴다. 주공은 주(周)나라를 세운 무왕(武王)의 아우이다. 공자가 원하는 것은 나라나 명예가 아니었으니, 최고의 통치권자가 되는 흥망성쇠를 꿈꾸지 않는다. 성군을 도와 인정(仁政)과 도덕정치의 이상이 실현되기를 바란다. 당시 꿈의 정치를 원하는 공자를 사람들은 비웃었다. 공자는 힘든 생활에 지칠 때마다 주공과 함께하고 싶었을 것이다.

나는 얼마 전까지 꿈속에 시어머니가 자주 나타나셨다. 연탄불이 꺼져 번개탄을 찾아다니거나, 모시 두루마기의 풀을 너무 세게 먹여서 천이 꺾이거나 부서지는 꿈을 꿨다. 불 앞에 서지 아니하면 물 앞에 서서 절절매면 반드시 근엄한 표정의 어머님이 서 계셨다.

요즘의 나는 통이 커졌다. 꿈속에 오바마를 만나거나 현직 대통령을 만나 1대1 면담을 한다. 평화나 국정을 논했는지, 자질구레한 일상을 말했는지는 도무지 기억이 없다. 확실한 건 요즘은 꿈속에서 안절부절 진땀을 흘리지 않는다는 점이다. 늘 당당하게 악수를 하거나 대등하게 마주 앉아 있다.

어려서는 도깨비가 쫓아오고 낭떠러지에서 떨어지고 공중에 매달리는 꿈을 꿨다. 키가 자라는 성장의 꿈이다. 새댁 때는 생산적인 태몽을 두 번이나 꿨다. 아이들이 자랄 때는 돼지꿈도 용꿈도 좋아했다. 조석으로 어른들 진짓상을 수발하던 시절에는 마음이 불안하고 피곤하여 가위눌리는 악몽에 시달려 수면제로 꿈을 막기도 했다.

나는 간혹 머리맡에 수첩을 놓고 잔다. 꿈을 받아 적기 위해서다. 자다 말고 벌떡 일어나 더듬거리며 연필로 뭐라고 적기는 적었는데 아침에 일어나 보면 불개미떼가 지나갔는지 희미하게 줄만 몇 개 그어져 있다. 어느 때는 단어 하나도 옮겨 적지 못해 안타까워하다

깨면 메모지에 적던 일조차 꿈속의 행위였다. 일상에서 건져 올리지 못하는 건조한 감성을 오매불망 달콤한 꿈에 매달리고 있다.

삶에 풀기가 빠졌다. 자신을 곧추세우는 마음가짐이 중심을 잃었다. 꿈속에서 나를 혹독하게 나무랄 수 있는 사람을 한 분쯤 모셔야 한다. 잿물 내고, 푸새하고, 널고, 펴고, 잡아당기며 다듬잇돌에 방망이질할 일 없이 건성으로 사니, 드럼세탁기 속 건조의 기능과 같이 온기만 피우다 쭈글쭈글해지는 인스턴트 생활이다.

'논어, 에세이'반에 은하 엄마라는 여인이 있다. 도서관과 가까운 곳에 산다. 평상시 짧은 파마머리는 새 둥지처럼 부스스하고 보푸라기가 맺힌 스웨터에 슬리퍼를 질질 끌고 온다. 도대체 생활이 '무성의' 족이다. 그러나 방학을 하면 미장원에서 금세 나온 듯 물찬 제비처럼 머리부터 발끝까지 단장하고 똑똑 구두 소리를 내며 강의실로 들어온다. "무슨 일?"이냐고 물으면 대학 다니는 딸이 집에 왔기 때문이라며 환하게 웃는다.

은하 엄마의 이야기다. 시골에서 자란 은하 엄마의 어머니는 늘 밭에서 일했다. '몸빼'라는 일복을 입고 머리에는 수건을 쓰고 호미 든 어머니 모습만을 보고 자랐다. 그런데 가끔 꿈속에 나타나는 어머니는 저승에서도 밭을 매는지 헐렁한 바지에 머릿수건을 쓰고 호미를 든 모습으로 나타나 속이 상한다는 것이다. "살아생전 못 입고 못 먹고 고생했으면 저승에서는 비단옷 입고 양산 쓰고 꽃밭에서 노닐 일이지….” 꿈에서 어머니를 뵈면 몇 날 며칠을 마음이 아파 혼자 운다고 했다. 그래서 딸 은하에게 꿈속의 '엄마 캐릭터'를 만들어 주는 중이라고 했다. “우리 엄마, 또 멋 내고 어디 놀러 가시네!” 딸의 마음을 편안하게 해주려고 일부러 딸아이 앞에서 가장 예쁜 모습으로 차리고 나온다는 말이다.

꿈속의 캐릭터, 나는 아직 한 번도 생각해 보지 않았다. 훗날 가족이 기억하는 나는 어떤 모습일까. 트레이닝 복장으로 앞치마 입은 모습일까. 어두운 밤, 뒤 베란다에 기대서서 서운한 눈물을 훔치는 모습일까. 어쩌면 식탁에 앉아 끊임없이 잔소리나 하는 아내나 어미일 수도 있다. 창가의 제라늄 꽃을 바라보며 꽃같이 아름다운 시절을 읽고 쓰는 작가의 이미지라면 좋겠다.

정신과에서는 꿈을 꾸지 않는 것이 가장 편안한 몸의 상태라고 한다. 어찌 공자처럼 꿈속에서 주공을 기다릴까. 하지만 삶에 대한 열정이 쇠하여 아예 꿈으로부터 소외당하는 사람은 되기 싫다.

나에게 주공은 누굴까. 꿈꾸는 자만이 꿈을 이룰 수 있다고 한다. 오랫동안 꿈을 그리는 사람은 마침내 그 꿈을 닮아간다지 않던가. 오늘도 나는 잠자리에 들기 전 메모지와 연필을 머리맡에 두고 나만의 '주공'을 기다린다.

따듯한 외로움

―≪책만 보는 바보≫를 읽고

덕불고 필유린(德不孤 必有隣)

겨울 햇살 같은 아쉬운 시간이 있었다.

검은 뿔테안경을 끼고 ≪러브스토리≫의 여자주인공처럼 지성인다운 연애를 하고 싶었다. 가당키나 한 이야기인가. 영화를 보던 그 당시 나는 절박했다. 취직이 우선이었다. 주산학원에서 손놀림은 빨랐으나 당최 숫자에 약한 나는 고통스러웠다. 설상가상으로 폐에 하얀 찔레꽃이 만발하여 붉은 찔레 열매를 토해냈다. 나에게 지성(知性)은 낭만이었다. 책이라도 실컷 읽을 수만 있다면 하얀 눈밭에서 뒹굴며 연애하다 죽어도 좋을 성싶었다. 영화 속 여주인공은 도서관 사서였다. 그때 나는 사서를 꿈꿨다.

이덕무 그도 규장각(奎章閣)의 사서였다. 세상에 나만큼 복 받은 사람이 또 있을까? 길음동 육교 밑의 작은 책방을 드나들며 몰래 한쪽씩 책을 읽던 가난한 소녀가 이렇게 책에 나올 글까지 쓰게 되니 출세치고는 사대부가의 입신양명(立身揚名)이나 다름없다. 그 필연의 이름이 '청복(淸福)'이다. 청복은 내가 선택한 정신적인 가난이다. 군자는 회덕(懷德)이라 했던가. 덕을 그리워하는 사람만이 누릴 수 있는 청렴한 복이다.

나는 지나치리만큼 성정이 상냥하다. 처음 보는 이들은 간혹 나를 이상한 사람으로 여기기도 한다. 겉으로 보이는 모습이 '명랑모드'라 해서 꼭 그 사람의 삶 자체가 명랑하지는 않다. 오히려 우울한 부분에 베일을 치느라 일부러 반음을 높일 때가 많다. 성품이 달그림자처럼 조용한 사람들은 나 같은 사람을 몹시 낯설어한다. 그래서인지 나는 이덕무 그의 외로움도 알 것 같다. 사회적 출신성분이 '우울모드'다. 그를 밝은 성격으로 이끄는 것은 무엇일까. 바로 책이다. 책을 보며 마음에 등불을 켜는 시간이 그의 실존이다. 허구한 날 좁은 방 안에 틀어박혀 세월을 허송하는 것처럼 보이지만, 날마다 책 속을 누비고 다니느라 숨도 가쁘고 가슴도 벅차고 다리도 뻐근했다고 한다.

"기분이 울적한 날이면 나는 조용히 앉아 논어를 읽곤 했다. 그날 밤 나는 분명히 나를 위해 이불이 되어준 ≪한서≫의 몸놀림을 보았고, 제 몸으로 바람을 막아 보라는 ≪논어≫의 목소리를 들었다." 이덕무의 '한서 이불과 논어 병풍'에서처럼, 심성의 따뜻함을 지키는 것이 나의 자존감이다.

나는 시립도서관에서 시민을 대상으로 논어를 강독하고 있다. 십 년이면 강산도 변한다는데, 어느덧 18년이 되었다. 강이 산이 되었는지, 산이 강이 되었는지 지적도를 뗄 문서가 없으니 그건 잘 모르겠다. 나는 옳은 선비도 아니요, 감히 학자는 더욱 아니다. 부박한 내가 어찌 그 옛날 춘추전국시대 성인(聖人)의 말씀을 학문으로 전달하겠는가. 논어를 함께 강독하면서 그저 내가 앉을 자리, 설 자리, 나설 자리, 들어설 자리를 구별하며 한 구절씩 또박또박 읽는다. 내가 설명하지 않아도 본문은 ≪논어≫ 책 안에 다 있다. 내가 하는 일은 내 식구들과 내 이웃들이 살아가는 이야기를 하며, 그런 문구가 여기에 있다고 안내만 하는 내비게이션 역할이다. 결국, 인문학은 사람 사는 이야기다. 나는 어떤 일 앞에 곧잘 "옳거니! 이 일은 내게 딱 맞는다."라고 생각하는 버릇이 있다. 그렇게 생각하면 실제로 에너지가 나온다. 그리고 온 힘을 다한다. 때론 펄펄 뛰는 고등어가 되고, 안간힘을 쓰며 일하는 개미가 되며, 재주넘는 다람쥐가 되고, 나무에서 떨어지는 원숭이가 되어 매주 매일마다 논어를 소리 내어 읽는다.

이덕무가 백탑 아래서 벗들과 지내듯, 수강자들을 만난다. 인생 뭐 있나? 뭐 있다! 서로 인정받고 인정할 때 고래도 춤춘다. 어느 장소에서건 민낯의 가장 나다운 솔직함으로 임한다. 내 입으로 글을 읽어도 듣는 것은 나의 귀요, 내 손으로 글을 써도 보는 것은 나의 눈이니, 오로지 내가 나를 벗 삼던 '간서치(看書痴)' 같은 시절이 내게도 분명히 있었다. 옹색한 환경에서 주경야독(晝耕夜讀)했던 세월이 준 선물은 바로 마주 앉은 벗들이다. 박제가 유득공 백동수 이서구 홍대용 박지원이 어디 조선 시대에만 있었을까. 그들의 분신이 오늘 내 앞에 있다.

나는 호걸다운 바둑이나 장기는 어디 갔던지, 요즘의 노래 춤 화투 놀이 등에는 신바람이 없다. 강의실 안에는 봄날의 신록처럼 싱그러운 여대생, 깎아지른 절벽처럼 강파른 청년, 눈길이 햇솜 같은 선배, 큰소리로 질문하는 어르신, 손가락 하나로 검색의 달인들이 시간마다 스마트폰을 들고 찍으며 확인한다. 나는 그분들을 보며, 차이와 다름을 배운다. 한결 같이 꽃시(詩)의 언어로 꽃씨를 심어주는 해인 수녀님, 오직 사랑, 노라, 빙호, 우아미, 한 번도 만난 적 없어도 스승으로 삼는 한시 미학 선생, 뼛속까지 내려가서 쓰라는 나탈리 골드버그 같은 임들이 나의 버팀목이다.

훗날, 글을 읽다가 가끔 벗이 찾아와 주면 얼굴에 웃음꽃을 피우며, 아무도 알아주지 않는 세월을 보내고 있어도 마음이 편안한 사람으로 살고 싶다. 내게 있어 애지중지 글 상자를 전해주는 유득공은 누구고, 따스한 눈빛으로 지켜봐 주는 박지원은 누구인가. 부족한 덕으로 말미암아 소중한 나의 벗님들을 잃을까. 늘 노심초사한다. 그래, 이제는 겁내지 말자. 내가 먼저 다가가지 않으면, 누가 나와 노닐어 주겠는가.

공자, 가라사대. "덕은 외롭지 않다. 반드시 이웃이 있다."
子曰 德不孤 必有隣 - 이인편

나는 어떤 벗일까. 아침 창가에 살며시 스며들어 책상 위를 환하게 비춰주다가, 석양에 툇마루의 손바닥 만한 온기라도 남겼으면 좋으련만…. 혹독한 겨울을 이겨낸 봄 햇살처럼 나는 따듯한 사람이고 싶다.

무화과

— 수이부실(秀而不實)

가만있으면 '50점'이라는 말이 있다.

전에 나는 '착한 여자' 콤플렉스에 갇혀 있었다. 어쩜 지금도 그 증세에 휘둘리고 있는지도 모른다. 누군가 나를 불편해하는 사람이 있으면, 그 한 사람의 마음을 놓치지 않으려고 온 힘을 다했다. 진이 빠진다. 몸도 아프고 마음도 아팠다.

중용(中庸)이라는 잣대가 있다. 중용을 1과 100 사이의 50이라고 말하는 사람도 있고, 선(善)과 악(惡)으로 중량을 재는 사람도 있다. 나는 중용을 시소게임에서의 균형이라고 말하고 싶다. 한쪽이 무거우면 가벼운 쪽은 공중에 떠 있을 수밖에 없다. 평형을 맞추려고 앞으로 나앉기도 하고 한 명을 더 안고 타기도 한다.

다수가 꼭 옳은 것은 아닐 것이다. 나는 요즘 51을 취하고 49를 버리는 연습 중이다. 어느 모임이나 혹은 단체에서 의견을 분명히 밝혀 깍두기 무를 썰듯 방정하게 정리를 해줘야 할 때가 있다. 책임을 진 자리에서 미적미적 혼자 좋은 사람인 척하다가는 실무자들이 대책 없이 소낙비를 맞는다.

나이가 들수록 "지갑은 열고, 지퍼는 닫아라." 라고 한다. 오늘 밥값은, 찻값은… "내가 쏠게요."만 잘하면 된다. 돈의 무게는 힘을 싣는다. 지갑을 열면 돈만 쏟아지는 것이 아니라 말도 쏟아진다. 비비탄처럼 쏟아지는 말이 또 말썽이다.

노신(魯迅)의 글 중에 〈헛, 허허허허!〉라는 산문이 있다.

옛날 어떤 집에서 아들을 얻어 집안에서 잔치를 했다. 축하손님들이 아이를 보고 크면 부자가 되겠다, 크면 벼슬을 하겠다며 덕담을 했다. 그런데 한 사람은 이렇게 말했다. 이 아이는 나중에 분명히 죽을 겁니다. 그러자 사람들이 그를 죽도록 때렸다고 한다. 사람이 태어나면 죽는 것은 당연한 일이지만 부자가 되거나 벼슬을 할 거라는 건 거짓말일 수도 있다. 그런데 거짓말은 좋은 보답을 얻고, 진실은 죽도록 얻어맞는다. 그때 그 이야기를 듣던 소학교 학생이 "선생님, 저는 거짓말도 하기 싫고, 얻어맞기도 싫어요. 그러려면 어떻게 말해야 하지요?" 라고 말한다. 선생님은 아이에게 "그래, 그럼 이렇게 하려무나. 우와~! 이 아이는 정말! 얼마나… 어이구!

하하! 허허허 헛, 허허허허!"라고 일러줬다.

바른말이 때론, 사람을 다치게 한다. 순간을 외면한 채 얼버무리는 것이 노신의 글에서처럼 상책일 때가 있다. 나는 노신처럼 민족의 지도자도 아니면서…, 얼마 전 설익은 짓을 했다. 명분을 앞세워 대변인처럼 나섰다. 국어도 모르고 산수도 모르니, 주제 파악도 못하면서 분수도 못 지켰다.

과일 중에 '무화과(無花果)'가 있다. 말 그대로 꽃을 피우지 않은 채 열매를 맺는 과일이다. 열매가 예쁘지도 달콤하지도 않다. 농익으면 만지기만 조심스럽다. 치아가 성치 않은 노인네들이나 좋아할까, 그렇지 않으면 저절로 떨어져 버릴 열매다. 어머님은 물컹한 무화과로 잼을 잘 만드셨다. 빛깔과 맛이 지나치거나 모자라지 않은 중용(中庸)의 맛이다.

> 공자, 가라사대. "싹은 났으나 꽃이 피지 못하는 경우도 있고, 꽃은 피었으나 열매를 맺지 못하는 경우도 있다."
>
> 子曰 苗而不秀者 有矣夫 秀而不實者 有矣夫 - 자한편

그렇다. 어느 분들은 무화과처럼 꽃도 피우지 않고 열매만 탐하는 사람들이 있다. '무임승차족'이다. 그들은 가만 놔두면 당당하게

목적지에서 내릴 것이다. 그들의 처세술이다. 나 하고는 아무 상관이 없다. 그러니 꼭 내가 나서서 정의로울 필요도 없다. 그런데 나는 그날 못 본 척 지나치지 못했다.

무화과는 겉모양이 수더분하고 소박하지만 조금 익어 틈이 벌어지면 열매 속에 불개미떼들이 버글거린다. 보이지 않는 곳에서 서로 조금이라도 더 단맛을 먹으려고 혀를 날름거린다. 먹고 있든, 먹히고 있든, 일단 말이 없어야 한다. 이럴 때, 성질 급한 놈이 먼저 나선다. "야! 줄 똑바로 서!" 단맛은커녕, 불개미 동료에게 물려 죽거나 따돌림으로 쫓겨날 판이다.

멀찌감치 물러서서 "우와~, 우와~"만 연발하다가 무화과 잼이나 만들어 먹었으면 좀 좋았을까. 바른길이라고 깃발 꽂아놓고 헛웃음만 날린다. 이 맛이 단맛이라고 부추기던 개미들은 다 어디로 갔을까? 나 혼자 헛웃음을 웃어본다.

"헛, 허허허허!"

나, 돌아가고 싶다. 착한 여자로!

한 삼태기의 흙

—위산일궤(爲山一簣)

"여자가 한 달을 자리를 보전하고 누워 있으면, 남자는 이불째 둘둘 말아 내다 버린다."고 한다.

좀 나은가 싶으니 남편은 바람도 쐴 겸 산책을 하자며 근처에 목욕탕이 딸린 헬스장 앞에 멈춰 섰다. 뜨거운 물에 몸을 담그면 좀 나아질 것이라며 들어가더니 한마디 말도 없이, 내 이름으로 한 달 분의 목욕탕 이용권을 발급하는 것이 아닌가. 말릴 사이도 없었다.

"여보! 내가 이러다 벌을 받는 것은 아닌지…."

말을 하는데 주책없이 눈물이 주르륵 흘렀다. 느닷없는 눈물에 당황한 남편이 오히려 눈길을 피했다. 그렇다. 병원비나 약값이라면 몰라도 사지가 멀쩡하면서 금방 죽고 사는 일도 아닌데 돈을 내고 운동을 하다니. 팔자를 잘 타고 난 사람들의 일인 줄만 알았지,

어디 내가 누릴 호사라고 생각이나 하고 살았던가.

한학 공부를 하면서 한자도 어렵고 고문(古文)의 내용은 아예 깜깜했었다. 이 말인가 하면 저 말이고 거의 가까운가 싶은데 천 리나 멀리 있었다. 지식을 쌓는 공부라기보다는 날마다 자신을 닦는 수신(修身)이다. 마음을 잘 다스려야 하는 사람 공부다. 소양도 갖춰지지 않은 채 객기를 부리니, 종종걸음만 칠뿐 진전이 없었다. 가스불 위에 이불 홑청을 올려놓고 삶기는커녕 다 타버려도 기미조차 몰랐다. 내려오는 속눈썹과 풀어지는 마음은 죽비를 걸어놓고 쳐다보며 다잡았다. 교잣상을 벽면에 붙여놓고 뻐꾸기시계를 쳐다보며 그 사이에 끼어 앉아 자신을 닦달하다가 마침내는 쓰러졌다.

차라리 이참에 공부를 끊어버리자. 밥이 나오나, 옷이 나오나. 공부에 넌더리가 났다. 그동안의 시간을 묻어버리듯 책을 덮어 버렸다. 몇 개월 동안 딴청을 부렸다. 그러나 안 본다고 편안하던가. 하던 짓이 그리워 다시 책을 폈을 때, 하필이면 위산일궤(爲山一簣)의 문장이 나왔다.

공자, 가라사대. "학문을 비유하자면 산을 쌓는 것과 같다. 마지막 한 삼태기를 붓지 않아 산을 이루지 못하고 중지하는 것도 나 자신이 중지하는 것이요, 비유하자면 땅을 고르는 것과 같다. 비록 한 삼태기를 부어서 나아감도 나 자신이 나아가는 것이다."

子曰譬如爲山 未成一簣 止 吾止也 譬如平地 雖覆一簣 進 吾往也.

- 자한편

왈칵 눈물이 쏟아졌다. 가족 중에 누가 돌아가신 것도 아니고, 살다가 손재수가 들어 집 한 채를 날린 것도 아니건만, 한 삼태기의 흙을 포기하려 했던 자신의 몽매함이 설움처럼 토해져 목이 쉬도록 통곡을 했다. 아마 그때 그 모습을 누군가 보았다면, 울 일이 없어 드디어는 미쳤다고 했을 것이다. 그런데 희한하게 마음은 나비처럼 훨훨 날고 싶었다. 지금까지 그나마 어렵사리 고전을 지속해서 읽을 수 있는 청복(淸福)은 그날이 있었기 때문일 것이다.

러닝머신 위에 다시 섰다. 사람들이 수군거리며 나만 보는 것 같다. 옆에서 뛰는 사람도 사람이려니, 바로 앞에 거울에 비치는 내 모습도 민망하여 힐끔거렸다. 마음이 작아져서 두 손을 공손하게 모으고 어제 갓 시집온 새색시처럼 20이라는 숫자에 맞춰놓고 조신하게 걸었다.

사람에게 다리가 있는 것은 나무처럼 가만히 서 있지 말고 걸으라는 뜻이 아닐까. 신선한 공기를 들이마시며 맑은 햇살로 샤워하고 새소리 바람소리를 들으며 늘 산과 들을 산책할 수 있다면, 그 얼마나 좋겠는가. 사람이란 편하면 더 편해지고 싶다. 서 있으면 앉고 싶고 앉아있으면 눕고 싶고 누워 있으면 잠자고 싶다. 그러나 영원히 잠들기에는 아직 읽어야 할 구절들이 많다.

힘차게 어깨를 좌우로 흔들면, 리듬에 탄력을 받아 잘나가는 커리어우먼이 된 듯 가슴이 쫙쫙 펴진다. 허리에 손을 얹으며, 다시 통곡하던 그 날처럼 나는 오늘 삼태기에 내 건강을 담는다. 내가 나를 만든다. 유리 진열장에 있는 명품이야 어찌 바랄까. 큰 욕심 부리다가는 오히려 짝퉁만 낳는 수가 있다. 우선, 침대에서 벌떡 일어나 가판대 위에 뉘어진 이월상품만은 면해 보자.

학운(學運)에 중독되다

— 욕파불능(欲罷不能)

욕파불능, 욕파불능(欲罷不能)은 금단현상이다. 끊으려고 해도 도저히 끊을 수 없는 경지다.

> 공자의 제자 안연이 탄식하며 말하였다. "선생님의 도(道)는 우러러볼수록 더욱 높고 뚫을수록 더욱 견고하며, 바라봄에 앞에 있더니 홀연히 뒤에 있습니다. 선생님께서 차근차근히 사람을 잘 이끄시어 문(文)으로써 나의 지식을 넓혀주시고, 예(禮)로써 나의 행동을 요약하게 해주셨습니다. 공부를 그만두고자 해도 그만둘 수 없어 이미 나의 재주를 다하니, 선생님의 도가 내 앞에 우뚝 서 있는 듯합니다. 그리하여 따르고자 하나 어디에서 시작해야 할지 모르겠습니다."

顔淵 喟然歎曰 仰之彌高 鑽之彌堅 瞻之在前 忽焉在後 夫子循循然 善誘人 博我以文 約我以禮 欲罷不能 旣竭吾才 女有所立卓爾 雖欲 從之 末由也已 - 자한편

학문은 하면 할수록 더 어렵다. 깊이 파고들어 갈수록 더욱 무궁무진하다. 거의 다 왔는가 싶다가도 다가가면 저만큼 멀어진다. "스승의 은혜는 하늘 같아서♬" 제자 안연이 우러러볼수록 하늘보다 더 높다며 스승 공자를 닮고자 하는 모습이 부럽다.

그날, 오전에 나는 남구문화원에서 수업하고 칼국수 집으로 갔다. 그곳은 언제나 손님으로 북적인다. 반찬 따로 밥 따로 집어 먹는 시간을 아끼려고 나는 김치 만두를 한 판 시켰다. 전날 밤에 메일로 첨부해온 자료를 보고 있었다. 퇴고라는 것이 그렇다. 정신집중을 하고 그 사람의 삶 속에 끼어들지 않으면 할 수가 없는 작업이다. 숨 고르는 쉼표 하나도 그 사람의 상황으로 들어가지 않으면 보이지 않는다.

주문한 만두가 나오는 시간 동안, 글 속에 푹 빠져 빠른 속도로 빼고, 넣고, 줄 치고 연필 춤을 췄다. 옆 테이블 여인들과 눈이 마주쳤다. 얼떨결에 모녀지간으로 보이는 두 여인에게 목례했다. 옆의 사람도 그 옆 테이블의 사람들도 나를 보고 있다. 나는 혹시 아는

사람들인가 싶어 둘러보니 모두 처음 보는 사람들이다.

60대쯤으로 보이는 어느 부인이 내게 묻는다.

"무슨 공부를 그렇게 열심히 하세요?"

"……."

"연세도 있으신데…."

'연세(?)', 나는 아직 연세가 아니라 나이다.

"대단하십니다." 하며 덧붙인다. 참 좋아 보인다고 흉인지 칭찬인지 추켜세운다. 혀를 내두르는 모습에서 내 꼴의 정도가 얼마나 심했었나를 짐작했다. 시켜놓은 만두는 식어서 마르고 있다. 허구한 날 밥도 제대로 못 챙겨 먹으면서 시간을 다퉈 하는 짓이다. 나는 멋쩍어 궁색한 변명을 했다.

"공부는 때가 있더라고요. 부모가 공부해라, 공부해라! 할 때, 안 했더니 지금 벌 받는 중입니다."

우스갯말이라고 한마디 한 것이 찬물 한 바가지다. 이 꼴이 내게 뒤늦게 찾아온 손님 '학운'이다. 실제로 학교 다닐 때는 누가 나보고 공부하라고 말해 주는 사람이 없었다. 어서어서 졸업하여 취직하기를 기다렸다. 나 같은 아이들에게는 공부도 사치였다.

아주 오래전 남편이 초임 직장을 택할 때, 시어머님은 나를 데리고 철학관에 가셨다. 남편의 사주를 넣었는데 사주 선생이 엉뚱하게 나를 지칭하면서 "이 며느리는 학운(學運)이 있다."라고 했다. 그때 나는 매일 어른들 곁에서 걸레와 행주를 들고 진돗개 네 마리의 개밥이나 끓이는 새댁이었다. 그런 나에게 웬 '학운?' 돌팔이 사이비라며 마구 마구 비웃었다. 교직은 남편이 택하는데, 나에게 '학(學)'이라는 글자는 터무니없는 단어였다.

나는 요즘, 부엌의 도마와 칼을 내려놓고 책과 칠판을 디자인한다. 해마다 새로운 장르를 하나씩 더하고 있다. 그렇다고 사회적으로 인정을 받는 거창한 작업은 물론 아니다. '올해도 잘 살았구나' 스스로 인정하며 기특하게 여기는 수준이다. 그 기특한 이름을 위해 매 순간 기를 쓴다. 지금 생각해보니 그 철학관 사주 선생은 족집게 사주쟁이가 틀림없다.

다시 욕파불능의 금단현상으로 돌아가 보자. 보통사람들은 일 년에 한 번 크리스마스나 사월 초파일날, 정월 초하룻날에 마음을 다잡고 인(仁)에 대한 실천을 한다면, 공자의 수제자 안연은 '삼 개월을 하루같이(三月不違仁) 밥 먹는 시간조차, 심지어 미끄러져 나자빠지는 순간에도 인만을 생각한다. 어디 요즘 학생들만 새벽부터 밤늦게까지 입시다 취업이다 불쌍한가. 안연은 밤낮 공부, 공부, 공부만 하다가 서른 초반의 젊은 나이에 요절했다.

그렇다. 나는 정말 운이 좋다. 안연처럼 공부하다 죽을 염려는 절대 없다. 이미 단명할 나이가 지났으니, 마음 놓고 공부해도 된다. 이 또한 복이 아닌가. 파릇파릇한 이팔청춘에 죽을 만큼 피를 토하며 아파도 보았고, 매운맛의 시집도 살아보았다. 왕년에 껌 좀 씹어봤다는 말이 있다. 나도 지난날 칡뿌리 좀 씹어본 덕분에 인생의 씁쓸한 맛도 기꺼이 즐긴다. 지나온 어려웠던 시간이 오히려 왕성한 에너지다. 지금 공부하여 대학 수능을 볼 것도 아니고, 고시에 합격하여 가문을 일으킬 것도 아니다. 더구나 부귀영화를 택할 나이는 더더욱 아니니 공부에 대해서만큼은 나는 온전한 자유인이다.

무슨 공부든 마음만 먹으면 오래도록 할 수 있는 시간, 나는 지금 '능구(能久)'의 시간을 맞이했다. 곳곳에서 마주치는 모든 일과 사물 그리고 사람들, 그들은 내게 스승 아닌 것이 없다. 세상은 온통 욕파불능의 도가니다.

문학을 하려거든

— 하막학부시(何莫學夫詩)

나는 팔방으로 연필 춤을 추었다. 내 글을 누군가가 읽고 있다는 것을 생각하지 못했다. 문학이 무엇인지 모르고 '내 귀는 당나귀 귀'라고 외치는 시원함으로 목소리를 냈다. 나의 기쁨과 설움과 섣부른 자랑과 치부를 드러냈다. 순전히 내 흥에 겨워 사방 뛰기를 했다. 숙성시킨다거나 퇴고라는 말이 있는 줄도 몰랐다. 아침에 건져 올린 생각을 오후에 우체국에 가서 보내곤 했다. 가장 먼저 이름을 불러준 곳이 대구였다.

대구는 본래 덥다는데 유난히 더운 날이었다. 대구교대에서 신인상 시상식이 있었다. 대구가 초행인지라 마침 부산대학교 국어국문과에서 정년퇴직하시고 향리 대구에 내려가 계시던 이동영 선생님께 연락을 드렸다. 그리고 그날 아침 선생님 댁으로 찾아뵈었다.

허리에 소변통을 차고 투병 중이셨는데, 다른 거라면 몰라도 '문학'은 내가 안내해야 한다며 한사코 시상식장까지 동행을 해주셨다. 마치 당신의 일처럼 기뻐하셨다. 수상소감을 말하면서, 잠시 아주 잠깐, 이 자리에 이동영 선생님이 함께 자리해 주셨다는 말을 했더니, 앞자리에 베레모를 쓴 원로문인들이 선생님을 환영하셨다. 또 어느 분들은 이육사의 후손이라며 인사를 드렸다.

선생님과의 인연은 토정비결 속의 '동쪽에서 나타나는 귀인'처럼 희망의 만남이었다. 나는 제도권에서 잘 갖춰진 학력이 없으니, 그때나 지금이나 나를 이끌어줄 스승이 없다. 그런 나를 〈세시풍습〉이라는 글 한 편을 써 갔을 때 '퇴계학 부산연구원' 편집위원으로 위촉해 주셨다. 그로부터 근 20년을 나는 연구원 편집일을 맡고 있다.

그때 나는 몇 군데 시립도서관에서 명심보감과 소학을 강의하고 있었다. "요즘도 고전강의를 하나?" 물으셨다. 그렇다고 대답하니, "앞으로 문학을 계속할 건가?" "예, 글을 쓰고 싶습니다." 라고 대답했다. 선생께서 나의 눈을 바라보시면서 아주 짧고 단호하게 "류선생, 문학을 하려거든 ≪논어(論語)≫를 읽으시게."라고 하셨다. 나는 마음속으로 의아했다. 혹시, 시경이나 고문진보라면 몰라도 '내가 무슨 철학 하는 사람인가, 정치하는 사람인가? 하필이면 논어를 읽으라고 하시지.' 생각하며 흘려버렸다. 논어가 문학인 줄 짐작도 하지 못했다.

> 공자, 가라사대. "그대들은 왜 시(詩)를 공부하지 않는가? 시는 사람에게 감흥을 돋우게 하고, 모든 사물을 관찰케 하며, 대중과 함께 어울리고 즐기게 하며, 은근히 정치를 풍자하기도 한다. 가깝게는 부모를 섬기고, 멀게는 임금을 섬기는 도리를 시에서 배울 수 있다. 또 시를 통해 새나 짐승·풀·나무들의 이름도 많이 배우게 된다."
>
> *子曰 小子 何莫學夫詩? 詩 可以興 可以觀 可以羣 邇之事父 遠之事君 多識於鳥獸草木之名* - 양화편

여기서 시는 문학이다. '시라는 것은 뜻을 표출하는 것이다. (詩者志之所之也)' ≪시경(詩經)≫의 서문이다. 시는 순화된 말로 표현된 문학예술의 결정이다. 문학을 하면 고대인의 생활과 풍습, 정서와 사상, 이해와 득실, 종교와 신앙 등을 폭넓게 알 수 있다. 더불어 자연이나 만물의 현상도 알 수 있다. 무엇보다 내가 가장 어렵게 생각하는 사람의 마음을 가늠할 수가 있다. 그 당시, 나는 선생님의 깊은 뜻을 몰랐다.

시상식 당일 날, 나는 뒤풀이 행사로 선생님을 배웅하지 못했다. 내 순서가 끝나자 슬그머니 나가셨다. 그것이 마지막 선생님 모습이다.

그 후, 선생님의 부음을 듣고 나서야 나는 강의 과목을 '논어'로 바꿨다. 그 후 벌써 강산이 두 번 변하는 세월이다. 연고도 없는 부족한 나를 늘 애정 어린 눈길로 챙겨주셨다. 나는 걸음마부터 시작했다. 뒤뚱거리며 제 발걸음에 제가 걸리는 오자 걸음을 걷고 있다. 그 모습이라도 지금까지 지켜봐 주셨으면 좋았을 것을. 내가 계속 글을 쓰는 것도 수필집을 낸 것도 모르시고 먼 곳으로 가셨다. 지금 부산에서 시민들과 '논어 에세이' 강독을 하는 줄 아신다면 아마 누구보다 나를 기특하게 여기셨을 것이다.

나는 울었다. 한국학 교수 정민 선생의 〈스승의 옥편〉이라는 글을 읽으면서 스승이 계신 제자가 부러워서 울었다. 공부하면서 힘들 때, 나는 어디다 물을 곳이 없다. 자전을 보면서도 까마득하다. 그럴 때면 흉허물 없이 여쭤보고 답해 주실 스승이 그립다. 누군가의 응원을 받고 싶다. 어느 해부터 나는 스승의 날이 되면 아침 일찍부터 전화를 한다. 내가 나를 위로하는 의식이다. 스스로 스승 만들기 프로젝트다. 나에게도 "이 옥편은 너밖에 줄 사람이 없다."고 말씀하시는 선생님이 계셨으면 좋겠다.

어느 시인의 시구처럼 "시(문학)는 돈도 아니고, 명예도 아니고, 사랑도 아니다. 다만 살아가는데 조금 위안이 될 뿐이다." 문학이라는 장르 안에서 위안을 받고 싶다. 안동의 '육사문학관'에 가면 〈故實軒(실헌) 이동영 선생〉 코너가 따로 마련되어 있다. 우리의 세시풍습에서 재어춘(在於春)이라 하여 정월을 봄이라 하였다. 아직 춥기는 하지만 정월을 봄으로 보고 지혜가 있는 사람을 으뜸으로 여겨 동지섣달은 스승 찾기에 분망한 달이라고 했다. 선생께서 말씀하신 "문학을 하려거든, 논어를 읽으시게"라는 말을 되새기며 문득, 선생님 영전에 '논어 에세이'를 국궁하여 올리고 싶다.

들녘은 아직 삭풍이다.

세시풍속

— 온고이지신(溫故而知新)

어릴 적에 나의 고향은 문화 류씨 집성촌이다. 경기도 포천군 소흘면 고모리, 기억 속의 고향은 문중의 법도와 명분을 지키며, 묘지기처럼 선산을 바라보며 오르내리고, 예 올리고, 관혼상제를 치르며, 큰 벼슬이나 큰 부자가 없는 동네다.

선달그믐밤에 아이들은 집집이 몰려다니며 '묵은세배'를 했는데, 정월 초사흗날까지는 여자아이들은 집에 오는 손님에게만 세배를 드렸지 인사 가는 법이 없었다. 가을이 지나 눈이 쌓일 때까지 들에 마른 채로 서 있는 '다북쑥'을 모았다. 달집태우기를 하기 위해서다. 정월 대보름날, 달이 떠오를 때 솜씨 좋게 나이 수대로 묶은 다북쑥을 태우며 소원을 빌었다.

공자, 가라사대. "옛것을 잊지 않고, 새것을 알면 스승이 될 수 있다."

子曰 溫故而知新 可以爲師矣 - 위정편

고(故)는 예전에 들은 것이요, 신(新)은 오늘 새로 터득한 것이다. 배운 것을 응용하면 내 것이 될 수 있다. 모르고 하지 아니하는 것과 아는 것을 간략하게 하는 박문약례(博文約禮)와는 다르다. 세시풍속(歲時風俗)은 음력 절기를 기준으로 한다. 지방마다 풍속이 다르고 더러는 중국의 영향을 받아 국적 모를 지나친 풍속도 있으나, 할머니가 어머니께 전수하던 것을 나도 흉내라도 내 볼 수 있으니, 여자로 태어난 것이 천만다행이다.

정월(正月)

입춘(立春)날 보리 뿌리를 캐서 뿌리가 세 가닥 이상 자랐으면 풍년이라 했으며, 시(詩)와 사(詞) 등의 입춘방을 대문이나 대들보, 기둥 등에 붙여서 농사를 준비하라는 신호로 삼았다. 간혹 길을 가다가 '立春大吉, 建陽多慶' 이라는 방을 보게 되면 공연히 설레며 그 집주인이 보고 싶어진다. 사실 빼어나게 잘 쓴 글씨보다 그 집의 어린이가 삐뚤빼뚤 뭉떵하게 쓴 정겨운 글씨를 보면, 장차 큰 인물이 날 것을 예측하며 옷깃을 여미게 한다.

설날 아침(元旦), 차례(茶禮)가 끝나면 세배(歲拜)로 들어간다. 자리를 정돈하고 부모님께 먼저 절하고, 그다음 할아버지, 할머니, 백부, 숙부, 형, 아우, 자매 순서로 절을 한다. 한 문중 혹은 한 가정의 세배가 끝나면 이웃은 물론 온 마을을 누비며 어른들을 찾아뵙는데 정월 보름까지 계속된다. 일가가 먼 곳에 있으면, 수십 리나 혹은 백여 리 먼 곳까지 세배하러 갔다. 우리 집 아이들이 유치원 다니던 시절, 비록 아파트이기는 하지만, 환갑이 넘은 어른이 계신 집에 약간의 음식을 준비해 세배를 드리러 방문했었다. 그런데 오히려 매우 당황하시며 덕담(德談)보다도 세뱃돈을 먼저 챙기는 모습에 죄송했던 기억이 있다. 그러나 그 뒤로 우리 아이들이 엘리베이터를 타면 머리를 쓰다듬어 주시는 이웃 어른들이 계셨다.

속담에 섣달그믐날 밤에는 야광귀(夜光鬼)가 민가에 내려와 아이들 신발이 발에 맞으면 신고 간다고 했다. 그리하여 아이들은 일찍 불을 끄고 잠을 잔다. 이에 말총으로 만든 체를 뜰에다 걸어두면 귀신이 와서 아이들의 신을 훔칠 생각은 못하고, 체 구멍을 세다가 첫 닭이 울면 도망간다고도 했다.

상원(上元) 보름날 약반(藥飯)을 만들고, 오곡밥과 갖가지 채소 나물을 먹는데, 소박한 풍속으로는 이른 새벽 '귀밝이술[明耳酒]'을 마시고, 날밤, 호두, 은행, 콩, 엿 등을 깨물었다. 이도 튼튼해지고 일 년 열두 달 동안 무사태평하며 종기와 부스럼 등이 나지 않는다고 한다. 또 새벽에 거리에 나가 사람을 보면 급하게 부른 다음 "내 더위 사가라" 하는 매서(賣暑)가 있어 백방으로 불러도 절대 대답을 안 했다. 그리고 그 해에 과일이 많이 열리기를 바라며 과일 나뭇가지에 돌멩이를 끼워 과일나무를 시집보내기도 한다. 또 보름날은 개에게 밥을 먹이지 않는다. 개에게 밥을 먹이면 그해 여름 파리가 들끓고, 몸이 여위기 때문에 속담에 이르기를 '개 보름 쇠듯 한다.'는 말이 있다.

2월

겨울 석 달을 땅속에 웅크리고 있던 버러지도 꿈틀거린다는 경칩(驚蟄)과 춘분(春分)이지만 비와 바람이 차가운 것은 겨울 못지않아 꽃 시샘[花妬娟]에 큰 장독이 깨지며, 중년(中年)도 얼어 죽는다고 한다.

3월

삼월 삼짇날 강남 갔던 제비가 돌아오고, 산에서 진달래꽃으로 꽃전을 만들어 먹으며 화전(花煎)놀이를 즐기고 진달래술[杜鵑酒]

을 담기도 한다. 봄바람에 흔들리는 여자의 계절이다. 동풍이 불어 언 땅이 녹고 땅속에서 잠자던 벌레들이 움직이기 시작하면 물고기가 얼음 밑을 돌아다니고, 기러기가 날아가며, 초목에서 싹이 트는 봄의 시작이다.

4월

열매가 다닥다닥 열리는 달이다. 불가(佛家)에서는 초파일 석가모니 탄생일에 연등 행사가 장관이다. 복숭아꽃이 피기 시작하고 꾀꼬리가 운다.

5월

단오절(端午節), 중오절(重五節), 수릿날[戌衣日], 천중절(天中節), 단양(端陽)이라 하며 우리말로는 수레[車]로, 쑥으로 수레바퀴 모양의 떡을 만들어 먹고 단오선(端午扇) 부채를 나누어 가졌다. 농가에서는 집 옆 도랑에 창포(菖蒲)를 심었다가, 단옷날 아침에 창포 삶은 물로 머리를 감으면 검고 윤기 있는 삼단 같은 머리카락이 된다고 한다.

6월

무더운 여름 햇볕으로 만물을 무성하게 할 수도 있지만, 자칫 잘못하면 만물을 썩게 할 수도 있다는 까닭에 6월을 '썩은 달'이라고도 한다. 냉이가 죽고 보리가 익는다.

유두(流頭)에는 동쪽으로 흐르는 물에 머리를 감아서 재앙을 모두 씻는다.

삼복(三伏)에는 이열치열(以熱治熱)로 뜨거운 개장국을 구슬땀을 뻘뻘 흘리면서 먹는다.

7월

칠석(七夕)날 견우와 직녀가 은하수 다리를 건너 만나는데, 이날 저녁에 비가 오면 기쁨의 눈물이요, 새벽에 비가 내리면 헤어지는 슬픔의 눈물이라는 전설이 있다. 더운 바람이 불고 반딧불이 나온다. 큰비가 때때로 내린다.

8월

한가위, 추석(秋夕), 가배(嘉俳), 중추절(仲秋節) 등으로 부르며 성묘하는 날이기도 하다. 백과(百果)가 무르익어 햅쌀로 송편과 과일을 차례상에 올린다. "더 하지도 덜 하지도 말며 늘 한가윗날 같기만 하라."는 말이 있듯이 하늘은 높고 말이 살찐다는 천고마비(天

高馬肥)의 달이다. 서늘한 바람이 불고 이슬이 내리며, 벼가 익는다.

9월

만물이 쇠망기에 들어 그 이상 성장할 수 없는 달로 입동(立冬)을 앞두고 추위를 재촉하는 한로(寒露)와 상강(霜降)이 있다.

중양절(重陽節 9월 9일)에 국화를 관상하며 국화전과 국화주(菊花酒)를 담궈 먹으며 높은 산에 올라 단풍나무 아래에서 시서화(詩書畵)를 즐기는 것이 풍국(楓菊) 놀이다.

이때 남성들은 소슬한 바람이 머리카락을 빗질해 주고 따뜻한 햇볕이 바짓가랑이 안을 환기해 주는 풍즐거풍(風櫛擧風)의 운치를 즐긴다. 가을은 남성들이 바람을 탄다.

10월

천지인(天地人) 3자가 화합한 상달(上月)이라 무, 배추로 김장하고 간장, 된장, 고추장을 담그기 위해 메주를 쑤고, 갖가지 나물을 절여 담그기도 한다. 10월의 시제(時祭)는 문중의 선산에 가서, 시조들에게 제사를 올리며 전국 명산에서는 산제(山祭)가 있다.

11월 동지(冬至)

동짓날, 상순에 드는 애동지[兒冬至]는 아이들에게 좋고, 하순에 드는 노동지(老冬至)는 어른에게 좋다는 설이 있다. 동지에는 누구나 한 살씩 나이를 더 먹는데, 어린애는 빨리 크기를 원하고, 노인은 더 오래 살기를 원하는 바람이 있다. 팥죽을 쑤어 먹으며, 붉은 팥죽을 문짝에 뿌려 액운을 막는다.

12월

1년의 계획은 봄에 있다 하여 재어춘(在於春)이라 하였다. 아직 춥기는 하지만 정월을 봄으로 보았고, 지혜가 있는 사람을 으뜸으로 여기는 풍토에서 12월은 스승 찾기에 분망한 달이다.

제석(除夕) 혹은 제야(除夜)라고 하는 그믐밤은 새해의 세찬(歲饌)을 장만하기에 바쁘다. 서울 경기에서는 설날 아침에 떡국에 만두를 넣어 먹는 풍습이 있다. 냉장고가 따로 없었으니, 미리 해서 보관하지 못하는 까닭에 밤을 새우는 풍속이 있다. 새해에는 복이 찾아들라는 뜻으로, 방, 뜰, 변소, 외양간까지 구석구석 불을 밝히고 잠을 자지 않는다. 이 날 밤잠을 자면 눈썹이 희어진다는 속담이 있어 간혹 잠든 아이들에게 쌀가루나 밀가루 등을 눈썹에 발라놓고 놀리기도 한다. 이 날, 어린 사람이 어른을 찾아가서 방문하는 것을 묵은세배라 한다.

윤달

풍속에 없는 달이라 하여 꺼리는 것이 없다. 결혼이나 이사하기도 좋다. 돌아가실 분의 수의(壽衣)를 미리 만들기도 한다. 우리 집에서도 윤달에 어머님과 아버님의 수의를 마련했다.

공자, 가라사대. "제나라가 한 번 변하면 노나라 같이 되고, 노나라가 한 번 변하면 도에 맞는 나라가 된다."

子曰 齊一變 至於魯 魯一變 至於道 - 옹야편

작은 제나라가 문물이 풍부한 노나라로 변한다는 글을 읽다가 문득 문화와 전통이 이어져 내려오는 세시풍습을 기록해 놔야겠다는 생각이 들었다. 동국세시기(東國歲時記)와 열량세시기(洌陽歲時記) 경도잡지(京都雜誌)를 기초로 삼아 살펴보면서, 지금의 세대 차이를 생각해 본다. 한 세대가 이제는 족보를 개편하는 30년이 아니라 스마트폰 약정기간 정도로 급변한다.

결혼 전, 또는 그보다 어렸던 열 살 이전, 색동저고리를 입던 시절부터 세시풍속에 마음이 들떴다. 팥죽을 뿌리는 할머니를 쫓아다니며 조왕신께 잘못을 비는 모습이 조금은 무섭기도 했지만 한편 재미있기도 했었다. 그런데 시집와서는 구경꾼이 아니라 직접 일에 참여해야 하는 며느리가 되어, 날이 춥기 시작하면 오히려 집 밖으로 나와 호박오가리를 만들어 담에 걸고, 무를 썰어 말리고, 감잎차, 김장, 강정 만들기, 메주 쑤기 등 일이 많았다. 계절 없이 일이 릴레이경주처럼 바통을 이었다. '힘이 들다'는 푸념이 저절로 튀어나왔다. 왜냐하면, 나는 '가정' 시간에 핵가족의 거실 꾸미기, 블라우스, A라인 치마, 핫케익, 도너츠 만들기 등을 배웠기 때문이다. 나의 시대는 민속의 예스럽고 촌스러운 것은 없어지리라 여겼다.

아이들을 키우면서 정월 대보름날에 부럼을 깨물게도 하고, 호박시루떡과 식혜, 김치 누름적 등을 만들어 먹여 키웠다. 편안하고 차분한 분위기의 한복 선이 좋아, 갖춰 입고 외출할 일이 있을 때 생활 한복 입기를 즐기기도 했다.

해마다 아이들 생일, 남편 생일날에는 삼신상(찰밥, 미역국, 삼색 나물, 전과 조기, 탕 과일 단술)을 차리고 상 밑에 탯줄을 가르는 가위와 실까지 준비해 놓고 대소가 어른들을 초대했었다. 시어머니께서 하시는 모양으로 큰 소리로 어디에 누구 손자, 누구 아들, 아무개가 무병장수, 차조심, 길조심, 말조심하며 공부도 잘할 것이라고 고하는 행사를 스스로 즐겼다. 지켜보고 있는 아이들 생각은 마음에 맞는 친구들끼리 모여 케이크에 촛불 꽂고 "해피버스데이 투유" 축하노래를 부르며 선물 받기를 원했을지도 모른다. 그러나 내 품 안에 있을 때까지는 어림없는 소리라 하면서 기득권 행사를 했었다.

한 나라의 세시 풍속은 그 나라 정신과 문화의 소산이다. 예로부터 "아름답고 선량한 풍속을 가진 나라는 흥하고, 퇴폐적이고 음란한 풍습을 가진 나라는 망한다."고 하였다. 농경시대 우리를 이끌었던 세시풍속들이 어쩌면 이 시대에 맞지 않는 미신과 낭비로 받아들여질 수도 있다. 그러나 풍류로서, 지혜로서, 때로는 소박하고 조촐한 별미의 시절 음식도 즐기며 미풍양속으로 계승할 수 있는 것도 주부만의 특권일 것이다.

어릴 때의 어렴풋한 기억과 상상만으로도 풋풋해 오는 감흥이다. 나의 아이들은 이미 둘 다 결혼을 하여 분가를 하였다. 각 집에서 밥을 따로 먹으니 내 식구가 아니다. 불현듯 세시풍습이 그리운 건 아이들 키우던 시절이 그리워서이다. 아무래도 내가 세대교체의 시간을 맞이한 모양이다. 비로소 나는 청춘(靑春)에서 석춘(惜春)을 넘어가는 길목에 선 것이다.

퇴계의 향기를 찾아서

— 추로지향(鄒魯之鄕)

안동의 군자리, 기와집이 보이기 시작했다.

'동국인물 반재영남 영남인물 반재안동'(東國人物 半在嶺南 嶺南人物 半在安洞) 동국의 인물 중 반은 영남에 있고 영남인물 중의 반은 안동에 있다고 했다던가. 살림은 가난해도 도덕만은 풍부한 곳, 학문과 예절이 바르고 어진 선비와 명현 석학들이 많이 배출되었다는 안동은 선비의 고장이다. 퇴계는 산수를 남달리 사랑하였다더니, 오류 선생(五柳先生)의 '귀거래사' 병풍이 겹쳐 보인다.

산자락에 산수유와 진달래가 한창이다. 멀리 보이는 정자, 소나무 숲에 싸인 시사단(試士壇)이다. 당시 영남 일대의 유생 7천여 명이 호수 가운데로 배를 타고 들어가 시험을 봤었다고 한다. 봄 가뭄으로 안동댐이 바짝 말라 곳곳이 쩍쩍 갈라져 있다. 산천은 메

말라도 분명히 봄은 와 있었다.

서원의 입구 '鄒魯之鄕(추로지향)' 표지석이 반긴다. 공자(孔子)와 맹자(孟子)가 태어났던 성현들의 고향처럼 유학(儒學)의 터전이라는 뜻이다. 공자의 77대손인 공덕성(孔德成) 선생이 도산서원을 방문했을 때에 남긴 휘호라고 한다.

1. 도산서원

퇴계가 거처하던 온돌방을 완락재(玩樂齋)라 하고 제자들을 가르치던 마루방을 암서헌(巖栖軒)이라 한다. 완락재와 암서헌은 각각 주자의 명당실기(名堂室記)에서 따온 이름이다. 그 옆에 농운정사(隴雲精舍)는 제자들이 생활하던 공간, 요즘으로 치자면 기숙사다. 퇴계는 언제나 지식보다 생활과 실천을 가르쳤다고 한다.

우리 〈퇴계학 부산연구원〉 일행은 전교당(典敎堂)에서 폐백을 드리고 상덕사(尙德祠) '退陶李先生(퇴도이선생)'을 주향(主享)으로 월천조공(月川趙公)을 종향(從享)으로 위패를 모신 사당으로 들어갔다. 사당은 얼마 전까지만 해도 여자와 부정한 사람과 예복을 갖추지 않은 사람을 출입시키지 않던 신성한 곳이다. 전교당의 유사가 대표로 남자 세 사람만 관복을 갖추게 하고 여자인 나는 들어서지 못하게 했다.

본래 알묘(謁廟)는 아무나 하는 것이 아니라고 잘라 말씀하신다. 그러나 내가 아무나인가. 퇴계학 부산연구원의 원보 지령 100호 기념으로 퇴계 종손의 취재를 맡은 편집위원이 아니던가. 그분은 아직도 남존여비(男尊女卑)의 사상에 갇혀 있는 듯하다. 오히려 내가 실무자고 높으신 분들이 나를 도우러 함께하신 것을 모른다.

여기까지 와서 알묘를 못할 수는 없다. 아마 지금 퇴계 선생이 살아 계셨더라도 분명히 나만은 따로 들어오라 하셨을 것이다. 430여 년간 지켜온 금녀의 벽. 퇴계탄신 500주년 기념식에 찾아온 공자의 후손인 공덕무 여사도 거부했던 곳이란다. '선비문화체험연수'가 아닌, 유림(儒林)의 당당한 자격으로 연두색 원삼(圓衫)예복에 화관을 쓰고 퇴계 선생을 알현했다. 이렇듯 역사는 흘러가고 예는 시대에 맞게(時中) 변화하는 것이다.(남자는 청색 관복과 검은 사모를 쓴다.)

진설 직전 홀기(笏記)대로 제수를 장만하는 전사청과 퇴계의 문집을 출판하는 장판각(藏版閣), 퇴계가 생존 시에 사용하던 매화벼루, 흑색벼루, 매화 꽃등, 연갑 등등 유물들을 전시해 놓은 옥진각(玉振閣)을 두루 돌아 나오며 퇴계의 아취(雅趣)를 흉내라도 내고 싶은 마음으로 설렌다.

2. 퇴계 묘소

중국에 공맹(孔孟)이 있었다면 한국에는 퇴계가 있다.

예장(禮葬)을 하지 말고, 조그마한 돌에다 '退陶晩隱眞城李公之墓' 라고만 쓰고 뒷면에 간략하게 향리와 조상의 내력과 지행과 출처만을 새기도록 한 담백한 유언에 덧붙여, "매화 분에 물을 주어라."라고 하시고 돌아가셨다는 퇴계 묘소답게 봉분과 비석이 소박하다.

송(宋)나라의 임포가 매화를 아내로 삼고, 학을 자식같이 여겨 매처학자(梅妻鶴子)라 했다고 한다. 퇴계 선생은 매화는 아무리 추워도 향기를 팔지 않는다는 '매한불매향' (梅寒不賣香)이라 하며 매화를 매형, 매선, 매군으로 마치 가족처럼 친근하게 여겼다고 한다. 어쩌면 선생에게 매화는 바로 자신의 모습이었을 것이다.

특히 매화를 사랑하여 평생 매화 시(詩)를 지은 퇴계 선생이시다. 그렇다면 매화처럼 맑고 향기로운 여인에 대해서는 무관심하셨을까. 마침 묘소 앞에 싱싱한 꽃다발이 놓여 있다. 이 이른 아침에 누가 놓고 갔을까. 얼핏 꽃다발에서 한 여인의 그림자가 보이는 듯하다. 혹시, 퇴계만을 섬기고 사랑하며 종신 수절하였다는 그녀는 아닐는지…. 나는 일찍이 '무불경(毋不敬)'을 배웠건만, 하필 조심스럽지 못하게 이런 곳에서 왜 '두향'이가 떠오르는지…. 하지만 퇴계에게 그런 운치조차 없었다면 문향(文香)을 어이 떨쳤겠는가. 오백 년 세월을 넘어 퇴계를 한 사람의 문우(文友)로 만난다.

퇴계의 묘 바로 아래 선생의 맏며느리 금씨부인(琴氏夫人)의 무덤이 있다. 나는 묘 앞에 머리 조아리며 선생의 인간적인 따뜻한 숨결을 엿본다. 당시 세도가였던 금씨의 집안에서 퇴계를 사돈으로 맞이한다. 퇴계가 금씨 집안에 방문했을 때, 가세가 빈한한 선생이 앉았던 자리를 미천하다 하여 물로 씻어내고 대패로 밀어냈다고 한다. 그 수모를 탓하지 않고 혹시 며느리가 민망해하기라도 할까 봐 며느리에게 더욱 따뜻하게 대해 주어 사후에도 시아버님을 정성껏 모시고 있다고 한다. 효부(孝婦)는 태어나는 것이 아니라 부모가 만드는 것이리라.

3. 종택과 종손들의 근황

바닷가에 사는 것이 강가에 사는 것만 못하고, 강가에 사는 것이 시냇가에 사는 것만 못하다고 했다. 퇴계는 말년에 고향 시냇가에 한서암(寒棲菴)이라는 작은 집을 짓고 후학들과 함께 학문에 몰두하셨다. 그러나 일제강점기를 거치면서 일본인들이 조선의 정신적

지주 역할을 하는 퇴계 종택(宗宅)을 불질러 버렸다. 지금 종택은 80여 년 전, 13대 종손이 지은 것으로 솟을대문과 ㅁ자형 정침이 있는 추월한수정(秋月寒水亭)으로 이루어졌다.

15대 손인 이동은 옹(翁)(1909년 기유생)과 16대손 이근필 선생(1932년 임신년), 17대 손인 이치억 씨(1975년 을유년)와 종손 손부인 이주현 씨 부부가 아들 이이석(2007년 정해생)을 낳아 4대가 한집안에서 살고 있다. 세속을 버리고 은사(隱士)답게 조용하게 살다간 퇴계의 모습인가. 이동은 옹(翁)은 백수를 넘긴 자태가 학같이 고우시다.

98년도에 부산퇴계학연구원의 여성회 일을 맡아 폐백드리러 왔었다며, 내 수필집 ≪매실의 초례청≫을 드렸다. 〈매실의 초례청〉 글 속에 퇴계선생의 시를 인용하여 '현대 수필문학상'의 문운이 스몄다고 말씀드렸더니, 백 세가 넘으신 옹께서는 작은 수첩을 꺼내 화답으로 시 한 수를 읊으신다.

> 금 같은 세월을 100년이나 허비하여 억울한데,
> 내 맘의 부끄러움은 또 한 해를 더하는 구나!
> 효도하고 자애하는 덕목을 지금부터 시작하고
> 우리나라 만년을 또 만년을 이어가면 얼마나 좋으리

꼿꼿하게 앉아 절 받으며 수첩에 손수 적은 작은 글씨를 소리 내어 읽는 모습, 눈 밝고 귀 밝고 청아한 목소리에 마주앉은 내 마음도 흐뭇하다. 어른들을 잘 모시는 자손들의 정성이 옹(翁)의 모습에서 보인다. 퇴계의 정신을 오롯이 온몸에 담고 계신 옹의 두 손을 꼭 잡고 오래오래 건강하게 장수하시라는 인사를 드리고 방에서 나왔다.

대청마루에서 차 종손 근필 선생이 '造福譽人(조복예인)'이라는 휘호를 써 놓고 기다리신다. 성품이 옥같이 맑고 깨끗하여 어느 때고 남에게 흐트러진 모습을 보이는 일이 없었다는 퇴계의 모습, 차 종손 어른에게서도 고스란히 배어 나온다. 대자연과 혼연일체가 되어 서원의 풍경 속에 그림처럼 자연스럽다.

"퇴계학연구원에서 할아버지를 높여주시는 덕분에 너른 집에서 잘 먹고 잘살고 있어 황송할 따름이다."라고 겸손하게 말씀하신다. 정녕, 그렇기만 했을까. 온통 세상은 물질문명으로 첨단을 걷고 있는데, 선비의 정신을 담은 전통가옥에서 가문의 예절을 지키며 백수의 아버님을 모시고 아들 며느리에게 가르쳐야 하는 책임이 그 얼마나 막중할까. 우리의 무형 유형의 문화를 보존하고 전수하는 삶이 고되고 외로우셨을 텐데도 '신기독(愼其獨)' 그 홀로 삼가는 모습을 바로 숭덕(崇德)으로 보여 주신다.

나 혼자 종가 안채로 들어갔다. 부인들이 거처하는 깊은 곳이라 하며 남자 분들은 밖에서 기다리셨다. 뜰 안에 장 항아리가 종갓집의 위엄을 나타내듯 그득하다. 여염집의 맏며느리만 해도 하늘이 낸다고 하는데, 어찌 퇴계가문의 종손부로 시집을 왔을까. 내 딸이라도 내 며느리라도 어렵기만 한 자리다. 그 자리를 아는지 모르는지 세 살배기 이석, 종손부 주현 여사, 차 종손 근필 선생 삼대의 도란도란 손님맞이 모습이 정겹다.

종택의 종부 역할을 어떻게 다 치러내느냐는 나의 물음에 "퇴계 선생 제사만 크게 지낸다."라며, 다른 제사가 의미가 덜하다는 것은 아니라며 허세와 낭비를 지양하고자 제관의 수에 맞춰 제수(祭需)를 준비한다고 했다. "저는 퇴계 종가의 종부라는 막중한 임무가 있습니다만, 그 일만큼 중요한 것이 육아입니다." "아이 때문이 아니라면 집안 대소사나 제사에 다 참석을 합니다."라고 하는 말 속에는 종손부의 굳건한 의지와 부덕(婦德)이 배어 나온다.

"할아버지와 아버님이 잘해 주시고, 서울에서 공부하는 남편 역시 많은 것을 가르쳐 준다."라고 차근차근 말한다. 이제 서른 남짓한 나이이다. 시어머님이 안 계신 큰살림을 살며 방문객들의 접빈례(接賓禮)와 두 어른을 조석으로 모시고 있다. "저에게는 네 분의 고모님들과 작은어머님이 계시는데, 그분들께서 큰 힘이 되어주십니다. 말씀 한마디 행동 하나라도 틀림이 없는 훌륭한 분들이라 잘 받들어 배우고 있습니다." 그래도 친정어머님은 걱정이 많으시겠다고 하니 "제가 큰일을 잘해낼지 늘 걱정하신다."라며 손으로 입을 가리며 웃는다. 해맑게 웃는 모습에 오히려 내 마음이 애잔하다. 아린 상처이기보다는 저린 감동이다. 이 글을 쓰면서 퇴계 선생 종손부와의 소통이 내겐 어느 꽃보다 향기롭다. 그 모습을 보는 것만으로도 큰 배움을 얻는다.

해는 뉘엿뉘엿 지고 팔순이 다 되어가는 차 종손 어른이 차 타는 곳까지 나와 우리 일행을 배웅하신다. 남녀가 유별하여 지엄한 곳, 성별이 무슨 장벽인가. 언제 내가 다시 이분들을 찾아뵐 것인가. 나는 차 종손을 두 팔로 꼬옥 부둥켜안았다.

퇴계 선생의 태실(胎室)을 돌아 나오는 길, 어디 그곳이 퇴계 종손들만의 고향이며 종손들만의 조상이기만 할까. 그분들이 생활하는 모습에서 극기복례(克己復禮), 즉 사욕(私慾)을 누르고 예절(禮節)을 좇게 하는 정신을 담는다.

매화향 따로 있으랴. 이번 탐방으로 가슴에 품은 유학의 씨앗이 튼실하게 발아하여 만방으로 퍼져 나가기를 기원해본다.

(2009년 부산 퇴계학연구원 소식지 100호 기념 원고)

4

미친놈과 고집 센 놈

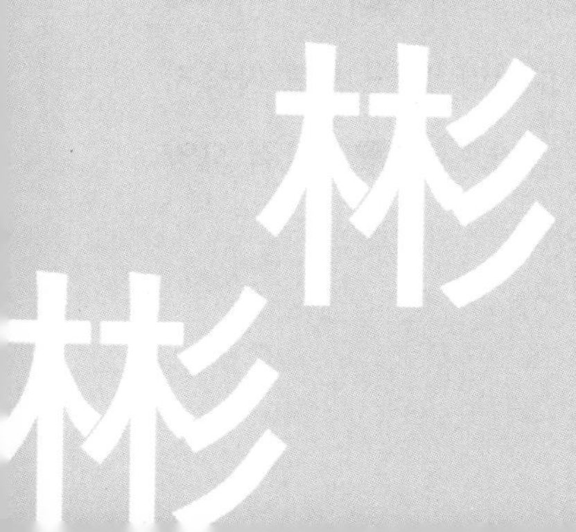

북극성

— 비여북신(譬如北辰)

“엄마, 오늘 반장선거 했어요.”

작은녀석이 초등학교 때의 일이다. 얼마나 달음박질쳐 왔던지 머리카락이 흠뻑 젖었다. 아이가 숨이 넘어갈 듯 신바람이 나니, 나도 덩달아 신이 났다. 드디어, 해냈구나!

“엄마, 내가 이름 적은 아이가 부반장이 되었어요!”

“정말, 좋겠다.” 라고 말하는데 김이 새나갔다.

사실 나는 학교에 다니면서 한 번도 반장을 해보지 못했다. 예쁘게 꾸미기를 좋아하여 미화부장은 몇 번 해본 적이 있다. 그 이후에도 두 녀석을 키우며 아이들 담임선생님 도시락을 한 번도 싸보지 못했다. 정말 나는 잘할 수 있었다. 미적 감각으로 색깔 맞춰 모양내어 맛깔스러운 도시락을 싸줄 수 있었다.

며칠 전, 동시 지방선거가 있었다. 전국 지도를 당(黨)의 빛깔로 나타냈다. 마치 바둑알을 손가락으로 튕겨 땅따먹기 놀이를 하는 것 같았다.

어느 지역의 후보는 두 사람 다 내 마음에 꼭 든다. 마치 엄마가 좋아, 아빠가 좋아? 두 사람 앞에서 '눈을 보고 이야기해봐.'라고 하는 물음같이 가혹하다. 한 사람은 대범한 군자다운 여자라서 마음에 들고, 또 한 사람은 온화하고 겸손하게 보이는 남자라서 마음에 든다. 아마 내가 그 지역에 살았다면 초박빙의 순간에 무효표를 냈을 것이다.

작은아이는 자신이 하는 일에만 적극성을 보인다. 내가 아무리 바빠 손에 고춧가루를 묻히고 김치를 버무리고 있어도 집에 오는 전화 한 통을 받지 않는다. 그런 녀석이 선거날 슬그머니 나갔다.

다음 날, 누가 너한테 문자로 나오라고 하더냐고 물었더니 아무 연락이 없었다고 한다. "그럼, 너도 이제 나이가 들어가나 보다. 어떤 네트워크 없이도 투표하러 가다니…." 지역 경제는 돌보지 않고, 사람 만나면 악수나 하고, 만세나 부르고, TV에 나와 손이나 흔드는 얼굴 홍보용 지도자를 막으러 갔었다고 당차게 말을 한다. 역시, 세금 내는 놈은 무섭다. 자신이 땀 흘려 벌어서 내는 혈세의 소중함을 당당하게 행사한다.

공자, 가라사대. "정치하기를 德으로써 하는 것을 비유하면, 북극성이 제자리를 지키고 있으면, 뭇 별들이 그에게 향하는 것과 같다."

子曰 爲政以德 譬如北辰 居其所 而衆星共之 - 위정편

유권자들의 눈은 다 반짝반짝 빛나고 있다. 덕으로써 정치를 잘 하면 밤하늘의 은하수가 되어 금수강산 방방곡곡을 아름답게 수놓을 것이요, 민심을 읽지 못하면 북극성(北極星)은 별똥별이 될 것이다.

아침 꽃 저녁에 줍다

— 석사가의(夕死可矣)

꽃이 떨어졌다.

꽃이 귀하던 시절이 있었다. 온기라고는 아랫목이나 화롯불밖에 의지할 곳이 없었던 시절, 이들도 서캐도 겨드랑이털 속에서 서식하는 엄동설한, 오죽하면 반가움의 극치를 '동지섣달 꽃 본 듯이'라고 했었을까.

요즘 꽃들은 철도 없다. 온기만 있으면 헤프게 지조 없이 몇 번이고 피워낸다. 온천지 지천인 꽃. 꽃 한 송이 졌기로서니, 바람을 탓해 무엇하랴.

어느 풍류객은 떨어진 꽃잎들을 비단 주머니에 담아 흙 속에 묻어주었다지. 비록 시 한 수는 건지지 못했으나, 홀로 꽃 무덤 앞에서 곡 한번은 하였을 터…….

난데없이 웬 꽃 타령인가.

전직 최고의 통치권자를 부엉이바위에 오르게 했다. 샛길이라도 있었으면 좋았으련만 전직, 전 전직, 전 전 전… 큰 어른들이 길을 닦아 놓지 못했다. 그는 막다른 절벽으로 치달았다. 쥐를 쫓아낼 때에도 쥐구멍은 있게 마련이건만, 벼랑 위에 핀 무궁화 한그루 송두리째 뽑히고 말았다.

공자, 가라사대. "아침에 도를 듣고 깨달으면 저녁에 죽어도 좋다."
子曰, 朝聞道 夕死可矣 - 이인편

그분께선 아침에 무슨 도를 듣고 깨달으셨을까.

"님아님아 별사람이 별의별 소리를 다 해도 곧이듣지 말고 짐작하여 들으소서" 여러 사람이 다 좋아해도 그들에게서 살필 것이며, 여러 사람이 다 미워해도 그들에게서 살필 것이라 했거늘. 굳건하게 견디어내지 못하고 역사의 한 페이지에 오점으로 남았다. 무엇을 옳다고 하고 무엇을 그르다고 말할 수 있을까. 먼 훗날 또 다른 시각으로 구설에 구설을 달아 주가 주를 낼 것이다. 나는 조문은 고사하고 마음으로 근조(謹弔) 등 하나 켜지 못하고, 매스컴으로 장례행렬을 지켜보고 있다.

태어날 때는 어느 곳에서 왔으며, 돌아갈 때는 또 어느 곳으로 가는가. 그는 생과 사가 한 조각, 구름으로 피었다가 스러지듯, 그렇게 공수래공수거로 마감하고 싶었을지도 모른다. 그렇지 않고서야 "삶과 죽음이 하나가 아닌가."라는 유언을 남겼겠는가.

그러나 아니다. 삶이 하나라면 죽음은 둘이다. 그래서 혼(魂)한테 한 번, 백(魄)한테 한 번, 두 번 절하지 않던가. 절 두 번 받으면 끝나는 것이 인생이다. 그는 "너무 슬퍼하지 마라."라고 했다. 그래도 슬프다. 귀한 생명의 스러짐이 슬프고, 전직 대통령이라서 슬프고, 책임감 없는 극단의 방법을 선택한 분노로 더더욱 슬프다.

흑 아니면 백, 우 아니면 좌, 여 아니면 야, 중간 지점의 유연함이나 너그러움은 아예 없는 듯하다. 법이란 본래 구속하기 위한 것이 아니라, 사람과 사람 사이의 조화로운 삶을 영위하려는 방법이지 않던가. 왜 우리는 나와 다르면 안 된다고 윽박지르는가.

아쉽다. 성직자처럼 아쉬울 것이 없어야 삶 앞에 당당할 수 있다. 날마다 담박한 삶을 살아내지 못하는 나로서는, 활짝 핀 꽃을 예쁘다며 환호하던 모습과 이미 떨어진 꽃을 매정하게 쓸어버리는 야박함이 아쉽다.

조화석습(朝花夕拾), 즉 "아침 꽃을 저녁에 줍는다."라고 했다. 봄에 떨어진 절망의 꽃은, 분명히 거름이 되어 돌아오는 봄에 다시 방방곡곡에 희망의 꽃 대궐을 이룰진대. 나 또한, 서둘러 아침에 떨어진 꽃잎을 원고지에 주워 담고 있다.

병영 도서관

—부지 교지(富之敎之)

집의 큰놈은 해군이었다. 바다가 가까운 부산에 살고 있으니 당연한 일인지도 모른다. 학교나 사회생활이 고단했었는지 외려 군대생활을 활기차게 잘했다. 잘한 정도가 아니라 신바람이 났었다. 군대에서 일어나는 많은 일에 관심을 보이고 적극적으로 참여했다. 그중, 책을 아주 많이 읽었다.

잠자는 시간을 줄여 3시간만 자고 책을 읽었다고 한다. 군대에서의 잠이란 본능의 휴식시간이다. 그런데 밥보다 귀한 수면시간을 쪼개어 책을 읽는다니 천지가 개벽할 일이다. 진작 중고등학교 시절에 그렇게 했더라면 얼마나 좋았을까. 그런데 문제는 군대에 읽을 책이 별로 없다며 집의 책을 들고 나갔다.

그때 읽은 책을 보면 밑줄을 긋고 메모를 꼼꼼하게 한 흔적이 책

갈피마다 가득하다. 책을 보면서 적어놓은 메모나 힘든 날의 일기도 몇 줄씩 적혀 있다. 남자들이 군에 가는 시기는 평생에 가장 건강한 시기다. 몸만 건강한가. 정신무장이 완벽한 시기다. 국가와 사회, 이성과 지적 욕구로 충만한 시기다.

그때 나는 막연히 꿈꿨다. 그 또래 아들들에게 해줄 수 있는 일이 없을까. 아직 도서관 일을 하기 전이다. 혹여 나에게 그런 기회가 주어진다면 그들과 함께하리라. 꿈도 야무지다. 그러나 꿈꾸는 자 앞에는 반드시 꿈이 펼쳐진다. 내가 사는 지역 안에 작은 도서관이 설립되었다. 우연한 기회에 그곳에서 나는 지역주민을 대상으로 인문학 강좌 재능나눔봉사를 하게 되었다. 그러다가 도서관 관장 일을 맡게 되었다.

내가 사는 아파트는 전국에서 단일 브랜드로는 가장 큰 1만 세대 정도의 대단지다. 도심 속의 주거단지지만 지역적인 특성이 있다. 풍광이 수려하여 영화 촬영지로도 유명한 이기대와 장산이 있다. 부산의 자연경관을 자랑하는 청정지역이다. 그렇다면 그 아름다운 곳에 펜션이나 음식점 등 위락시설이 우후죽순으로 들어 설만도 하지만, 그러지 못하는 이유가 있다. 산책로를 살짝 빗겨난 깊숙한 곳에 군부대가 속속 들어앉아 있다. 일반 시민 눈에는 보이지 않는다. 안온하고 따뜻한 주거단지와 군부대는 차로 불과 10분 거리이다.

공자가 위나라에 갔을 때, 염유가 수레를 몰았다. 그러자 공자가 말했다. "백성들이 많구나." 염유가 "이렇게 백성들이 많으니, 다음에 무엇을 더 보태야 합니까?" 하고 묻자, 공자, 가라사대."백성들을 부유하게 해주어야 한다." 염유가 "백성들이 부유하게 된 다음에는 무엇을 더 해주어야 합니까?" 하고 묻자 공자, 가라사대. "백성들을 교화해야 한다."

子 適衛 冉有僕 子曰, 庶矣哉. 冉有曰 旣庶矣 又何加焉 曰 富之 曰 旣富矣 又何加焉 曰 敎之 - 자로편

마침 내가 맡은 작은 도서관은 용호 중대의 아래층이다. 제7508부대 2대대와 자매결연을 하였다. 바로 내가 꿈꾸던 군(軍) 관(官) 민(民)이 함께하는 도서관 역할이다. 도서관은 운영위원과 자원봉사인 사서 선생님들 삼십여 명이 모두 무보수로 요일마다 봉사한다. 밥 한 끼 차비 한 푼을 받지 않아도 도서관을 사랑하는 마음 하나로 오전 오후 교대근무를 한다. 열정적인 봉사 선생님들이 있어 나는 이곳저곳을 돌아다니며 강의도 하고 홍보도 한다.

자매결연한 군부대에 병영체험을 갔다. 병사들이 만든 음식을 같이 먹고 병사들의 숙소와 훈련장과 운동장을 둘러보았다. 나의 아들이 그랬던 것처럼 더러 어느 병사의 사물함에 빈약하게 몇 권의

책이 있다. 사서봉사 선생님들과 소대장 중대장 대대장님과 함께 군대 등나무 밑에서 간담회를 했다. 도서관에서 사병들을 도와야 할 것이 무엇인가. 도서관의 장서는 주로 지역주민을 위한 문학책이나 어린이 책들이 많다. 나는 되도록 군대생활을 하면서 관심을 둘 수 있는 기술과학 학술 인문학 등의 책 목록을 제공했다. 그리고 읽고 싶은 희망도서를 신청하면, 임기 동안에는 부족한 예산이나마 우선으로 사겠다고 약속했다.

그런데 대대장님의 말씀이 책만 가지고 으스대는 나를 한 대 후려졌다. 죽비소리다. 한 자녀 두 자녀 아이들이 외롭게 성장하여 겪는 성장통과 정체성의 혼란에 대해 들었다. 예전처럼 배불리 먹고 사는 것이 어려운 세대도 아니고, 제대하고 나가서 가족을 부양해야 하는 세대도 아니다. 그런데 군대 와서 우울증에 시달리고 자폐증이 되며 자살을 하는 병사들이 점점 증가하고 있다는 것이다. 무엇이 그들을 어둠 속으로 내모느냐고 물었다. 그리고 나는 오래전 당당하게 애인을 입대시키던 내 경우를 생각하며 "애인이 고무신을 거꾸로 신었느냐?"라며 우스갯소리를 했다. 땡! 틀렸다. 턱도 없는 오답이다. 요즘 병사들은 여자친구 문제 때문에 탈영하거나 자살하는 청년은 거의 없다고 한다. 그럼, 도대체 뭔가?

초, 중, 고등학교에 다닐 때부터 "너는 공부만 잘하면 돼." 엄마 아빠가 다 해줄 것이라며 너도나도 공부선수로 키웠다. 그 아이들은 형제·자매도 없다. 그 외로운 영혼들에는 연예인도 있고 인터넷도 있고 신청만 하면 친한 친구와 함께하는 '동반입대'도 있기는 하다. 사귀던 여자 친구가 떠나면 인스턴트 세대답게 동기들과 피자 한 판, 닭 한 마리에 맥주 한 캔 시켜먹고, 하룻밤 자고 나면 금세 '곰신' 따위는 잊는다고 한다.

그런데 철석같이 믿던 엄마 아빠가 배신했을 때, 그들은 갈 곳이 없다고 한다. 집에서 물뿌리고 쓸고, 어른 앞에 나아가고 물러가는 소학(小學)의 예절을 배우지 못한 채 바로 대학(大學)의 도(道)로 들어섰으니 도무지 치국평천하의 성인이 되기란 어렵다. 몸만 웃자랐지 처세가 힘이 든다.

아무렇지도 않은 듯, 스마트폰을 만지고 갖은 정보를 검색하며 키득대는 아이들. 그들은 몸과 마음을 둘 곳이 없다. 검지손가락 하나로 세상을 밀어내는 중이다. 지독한 고독 속으로 빠져든다. 고된 훈련을 받다가 첫 휴가를 나갔는데…, 엄마 아빠는 각자 알아서 다른 집에서 살고 있다. 그들은 어디로 가야 하나? 세상에 대해, 사회에 대해, 가족에 대해 부모에 대해 분노와 좌절은 더욱더 깊은 수렁으로 빠진다. 그들의 이야기를 들어주고 응원할 누나와 같은 엄마와 같은 '멘토'가 되어달라는 말이다. 학교와 군대, 사회를 연결

해 주는 적응기간 동안 마음을 둘 수 있는 여지(餘地)가 필요하다. 교육이라는 것이 교과서 안에서만 있는 줄 알았다.

어찌 내 아들만 아들인가. 모두가 우리의 아들들이다. 우리 사서봉사 선생님들은 그들의 누이이며 어미이다. 매주 월요일마다 제복을 입은 장병들이 도서관 서가에서 책을 살펴보고 몇십 권씩 대출하는 모습이 뿌듯하다. 내 눈에는 군복 입은 씩씩한 병사 한 명 한 명 청년들이 다 자랑스러운 한류스타들이다.

세상에 군인 만큼 건강하고 순수한 정신의 소유자가 또 있을까. 그들에게 충성! 단결! 필승! 이다. 병사들에게 도서관이 있다는 것은 부자를 꿈꾸게 하는 것보다 귀한 자산이다. 병영도서관의 역할, 만세, 만만세다.

성인식 시연, 계례(笄禮)

—지성무식(至誠無息)

내가 맡은 배역은 계례(笄禮)를 치르는 딸아이의 어미(主婦) 역할이다. 아무도 탐낼만한 배역이 아니다. 배역 중에 가장 단순하다. 주어진 시간 동안 두 손을 공수한 채 대사 한 마디 없이 앞으로 서너 걸음 갔다가 다시 돌아와 15도 각도쯤의 굴신(屈伸)만 서너 차례를 하면 된다.

비행기를 타고 제주도에서 오는 선생도 있다. 울산이나 안동, 대전에서 기차를 타고 오는 선생들과 마찬가지로 나도 부산에서 서울까지 가야 한다. 지극히 간단한 배역을 위해 주말마다 모여 3주에 걸쳐 연습했다.

시연 당일, 절차의 사흘 전에 사당(祠堂)에 고하는 예(禮)나, 글로 빈(賓-주례자)을 청하는 순서를 생략하고 바로 홀기(笏記)가 시작되었다.

내 모습은 마치 배우처럼 단장되었다. 쪽머리에 첩지와 용잠(龍潛) 비녀, 청색 스란치마와 자주색 당의(唐衣)를 입고 노리개까지 예장(禮裝)을 갖추었다. 금세 사대부 집안의 정경부인이다. 옷이 날개라 하더니 처음 입어보는 전통 복식이 삽시간에 기품까지 갖춰 놓는다.

삼가례(三加禮) 절차 중, 첫 번째 축사가 시작되었다. 붉은 치마에 노란색 삼회장저고리를 입고 도투락 댕기와 운혜(雲鞋-꽃신)를 신은 딸아이가 걸어 나온다. 시자(侍者)가 머리를 빗질해 쪽을 지어 비녀를 꽂아주었다. 빈(賓)이 화관(花冠)을 들고 축사(祝辭)를 읽는다.

〈축사 1〉 "길한 달 좋은 날에 성년이 되었음을 축하하니, 이제부터는 어린 마음을 버리고 성인의 덕을 지녀야 한다. 그리하면 건강하게 오래도록 하늘의 큰 복을 받게 될 것이다."

"삼가 받들겠습니다."

화려하게 장식된 화관을 씌우고 녹색 당의를 입혔다. 딸아이는 구중궁궐의 공주처럼 신성(神聖)하다.

〈축사 2〉 "이제부터는 성인이 되었으니 항상 몸가짐을 삼가야 한다. 성심으로 가문을 받들고 어버이께 효도하여 밝은 가정, 밝은 사회를 너의 힘으로 이루도록 하여라.”

“삼가 마음속으로 새기겠습니다.”

아얌을 쓰고 두루마기를 입었다. 외출복으로 한층 성숙해진 모습이다. 아주 조신(操身)하다. 마치 친정 나들이에 나선 규방(閨房) 아씨와도 같다. 현모양처의 현숙하고 인자한 자태가 배어 나오는 듯하다.

〈축사 3〉 “사랑으로 남을 돕고 믿음으로 벗을 사귀며 열심히 배우고 부지런히 일해서 날마다 자신을 새롭게 하여야 한다.”

“삼가 마음과 몸을 바쳐 꼭 실천하겠습니다.”

칠보 장식의 족두리를 쓰고 연두색 원삼(圓衫)을 입었다. 손을 가린 한삼(汗衫) 자락의 가지런한 선이 새신랑을 맞이하는 초례청의 새색시처럼 화사하다. 인생을 편안하게 잘 살다가는 대갓집 마님은 저승 옷으로도 입고 간다더니 계례를 치르는 딸아이의 미래도 원삼의 색깔처럼 평생 고왔으면 싶다.

초례(醮禮)축사 “술은 향기로우나 과음하기 쉽고 몸을 망치기 쉬우니, 항상 분수를 지켜 몸에 알맞도록 마셔야 한다.”

“삼가 평생 명심하겠습니다.”

여자아이는 차(茶)를 내린다. 그러나 요즘은 술에 대한 남녀구별이 없으니, 오히려 차보다는 술에 대한 축사가 어울린다는 생각을 해본다. 술은 어른 앞에서 배우라고 했다. 갓 대학에 입학한 아이들이 잘못된 술 문화로 인해 술에 대한 고통을 호소하기도 하니, 올바른 향음주례(鄕飮酒禮)를 배우는 것도 좋을 것이다.

계례의 절차가 끝나고 자(字)를 내리는 순서가 되었다. 이름을 귀히 여기고 신성시했던 우리의 풍습에는 성인이 되면 이름자를 함부로 부를 수 없다. 자이표덕(字以表德)이라고, 겸손한 덕을 담아 평생 실천할 다른 이름을 갖게 된다. 옛날 같으면 딸아이는 신사임당처럼 당호(堂號)를 받는다. 하지만 남녀가 똑같이 고등교육을 받고 사회활동을 하는 세태에 맞게 자를 내리기로 했다.

내가 맡은 역할에서 자(字)를 짓는 일에 가장 마음을 썼다. 한 번의 시연에 불과하지만, 딸이 없는 나는 이 기회를 행운으로 여긴다. 어미와 딸아이를 이어줄 수 있는 좋은 글자를 찾았다.

> 지극한 정성은 쉼이 없으니, 쉬지 않으면 오래고, 오래면 징험이 나타나고, 징험이 나타나면 유원하고, 유원하면 박후하고, 박후하면 고대하고 광명하다.
>
> 至誠 無息 不息則久 久則徵 徵則悠遠 悠遠則博厚 博厚則高明
>
> \- 중용26장

딸아이의 자는 ≪중용≫ 문구에서 퍼온 '지성(至誠)'이다. '지극한 정성'으로 보살피는 어머니 마음과 인생을 날마다 지극 정성으로 생활하는 딸의 마음이다. 손수 붓글씨로 써서 분홍색 한지로 배접을 하니 마치 실제로 딸아이를 하나 얻은 것처럼 푸근하다.

"계례의 모든 절차를 이미 갖추었으므로 너의 자(字)를 지어 주나니, 아름다운 글자와 깊은 뜻에 맞도록 행세할 것이며, 잘 간직해 길이 보전토록 하라. 너의 자는 지(至) 자와 성(誠) 자이니라."

"저 '지성'은 부족함이 많사오나, 감히 밤낮으로 어른의 가르치심을 받들어 행하겠습니다."

지성이면 감천이라 했다. 딸아이 어미 마음이란 이런 것일까. 마음 구석구석 흐뭇함이 차오른다. 비록 시연이긴 하지만 성인이 되는 아이를 바라보며 태어났다고 해서 무조건 사람이 되는 것이 아님을 보고 있다.

성인(成人)이란 무엇인가. 어른이 되었다는 뜻이다. 아이들이 자라 20세 전후가 되면 주민등록증이 나온다. 주민등록증이 나와 가장 먼저 할 수 있는 일이란 미성년자 출입금지를 하던 곳에 마음대로 출입할 수 있는 자유를 아이들은 어른이 되었다고 생각한다.

성인식은 어른으로 만들어지는 과정이 아닐까. 아이를 낳았기 때문에 어머니가 되는 것이 아니라, 아이를 키우면서 나 또한 어미다운 어미가 되는 절차다.

하나, 둘, 셋. 천천히 심호흡으로 관객들에게 큰절을 올린다. 환호의 박수소리가 들린다.

치자꽃향기 코끝을 스치더니

— 예지용화(禮之用和)

찔레꽃 울타리가 문지기인 양 반긴다. 불빛에 '惠仁(혜인)'이라는 현판이 보이고 강아지 한 마리가 반긴다. 낯선 사람들을 보고 짖기는 커녕 꼬리를 흔드는 것을 보니 사람이 퍽 그리웠던 모양이다.

예로부터 그 집안의 선비를 보려거든 마당에 핀 꽃을 넌지시 살펴보라고 했던가. 글만 읽는 선비라면 사군자를 벗 삼았겠으나, 도연명 같은 이는 다섯 그루의 버드나무를 심어 놓고 스스로 오류(五柳) 선생이라 칭하며 산수 자연을 벗 삼는 시풍을 즐겼다고 한다. 점잖은 척하는 선비는 어떤가. 백목련이나 백작약을 심어 드러나지 않는 은근한 운치를 즐겼을 터. 혹 드러내 놓고 기방 여인네 치마폭에 난이라도 치는 풍류객이라면 붉은 모란꽃이나 해당화도 마다하지는 않았으리라.

산속에서나 볼 수 있는 둥굴레, 꿀풀, 초롱꽃, 붓꽃, 족두리꽃, 원추리, 할미꽃의 백두옹(白頭翁) 풀꽃들이 울안 가득 피어있다. 나무라야 기껏 정강이 크기만한 치자나무 몇 그루에 핀 꽃이 소담하다. 흔한 정원수가 없는 뜰에서 주인의 소박함이 엿보인다.

"십 년을 경영하여 초가 한 칸 지어내니 반 칸은 명월이요 반 칸은 청풍이라. 산과 들은 들일 데 없으니 둘러두고 보리라." 오래전부터 간직한 나의 뜰이다. 그런데 느닷없이 '이런 뜰 한번 가져봤으면… ' 하는 바람이 마당을 탐내게 한다.

오늘 관례(冠禮), 계례(笄禮)의 시연을 위해 종일 긴장했던 마음을 따뜻한 물로 씻어냈다. 낮에 분장했던 얼굴들보다 해맑다. 화장기 없는 민얼굴이 훨씬 가깝게 느껴진다. 마루문을 여니 그믐인가 칠흑 같다. 문 열기를 기다리고 있었을까. 한꺼번에 울려 퍼지는 '초여름밤의 합창' "개굴개굴 개구리♬" 아~ 얼마 만에 들어보는 소리인가. 아마도 앞이 온통 무논인가 보다.

정담이 오간다. 강의실 딱딱한 의자에 앉아서 다지던 면학 분위기는 접어두자. 까만 밤 찬 공기 스며드는 이슥한 시간, 우린 그 시간 속에 멈췄다. 집안 어느 벽 어느 구석에도 시계나 전화선 등 문명의 이기는 없다. 오로지 우리만 있다. 머무는 동안 최상의 대접을 하는 집주인의 배려다.

여름밤 삼경에 전국 각지의 선생들이 야생화초 가득한 뜰 안에서 한마음이 된다. 둘러앉아 산 세월의 순서대로 한 사람씩 일어나, 익은 물 바리 탕기를 두 손으로 받쳐 들고 한가득 부의주(浮蟻酒)를 담아 몇 순배의 향음주례(鄕飮酒禮)로 의식을 치른다. 서로 마음을 받아들였기 때문인가. 온몸이 따뜻한 기운이 감돈다. 앞에 앉은 사람들이 그림처럼 마음의 벽에 걸린다. 이 밤 우리는 박물관 안의 풍속화가 되어도 좋고 신선이 되어도 좋다.

앞마당을 지나 차 방으로 옮겼다. 솔솔 물 끓는 소리가 난다. 조그만 풍로가 세 개의 솥발[鼎足]로 버티고 서있다. 솥에 새겨진 꿩[불새], 표범[바람 짐승], 물고기[물벌레] 문양이 해학적이다. 바람이 불을 일으켜 물을 끓게 한다더니, 한 잔의 차가 심신을 맑게 한다.

예의 쓰임은 조화가 귀함이 되니, 선왕의 도는 이것을 아름답게 여겼다. 그리하여 작은 일과 큰일에 모두 이것을 따른 것이다. 그러나 행하지 못할 바가 있으니, 화락만을 알아서 화합하고 예절로써 조절하지 아니하면 또한 행할 수가 없다.

有子曰 禮之用 和爲貴 先王之道 斯爲美 小大由之 有所不行 知和而和 不以禮節之 亦不可行也 - 학이편

우리는 예(禮)의 쓰임을 위해 화(和)하여 모였다. 오늘에야 비로소 예(禮)의 터전에 씨를 뿌린 셈이다. 이미 전통예절 선생으로 활짝 핀 사람들도 있다. 그러나 어떤 씨앗은 싹을 틔워 내지 못할지도 모른다. 또 싹이 나더라도 떡잎만 무성할는지도 모르겠다. 그러나 대부분 다른 선생들은 마당에 꽃들처럼 각자 선 자리에서 제 빛깔 제 모습으로 피어날 것이다. 열매를 맺어 보존하고 다음 세대에게 전수하고 계승하는 역할을 담당할 것이다.

어스름 빛이 스민다. 창문을 열었다. 찬 공기가 확 끼얹듯이 들어온다. 물안개 자욱한 논에 모내기는 어제 마쳤는지 이발한 듯 단정하다. 희뿌연 안개와 어우러진 연둣빛 새벽, 일부러 찾아온 듯한 한 쌍의 두루미가 우아한 자태로 맞이한다. 우리들의 심장박동 소리처럼 시계 초침이 움직이기 시작했다. 만남이 있으면 헤어짐이 있다.

여기 있는 사람 중, 과연 나는 무엇을 할 수 있을까? 옛 문헌을 뒤적이다 시 한 수 읊어 주는 운치나 누려볼 참이다.

夢裏微聞薝蔔香　꿈속에 치지꽃향기 살랑 코끝을 스치더니
覺時一枕綠雲凉　눈을 뜨니 베갯머리 한기가 서리네
夜來忘却掩扉臥　문 걸어 잠그는 것 잊고 잠들었던 게지

落月二峰陰上床　산봉우리 사이로 지는 달빛이 슬며시 침상 위로 오르네 – 황경인

내 마음 밭에 치자나무 한 그루 옮겨 심는다.

상견례에서 '통과!' 세 번을 외친 사연

— 팔일무어정(八佾舞於庭)

나는 건배하기를 좋아한다. 그날도 나는 건배를 세 번이나 했다. 인륜지대사(人倫之大事)를 결정하는 자리였다. 2층 창가에서 내려다보니 아들의 여자친구와 부모님이 차에서 내린다. 1층까지 뛰어 내려가 살갑게 맞이했다.

"딸을 주신다니 고맙습니다." 이것 드세요 저것 드세요, 권하기는 해도 접시가 비워지지 않으니 서로 긴장하는 모습이 역력하다. 자식혼사의 상견례라는 것이 참 어려운 자리다.

내가 먼저 말했다. "우리 예물 예단, 번거로운 절차는 모두 생략하도록 해요." 잠시 침묵이 흐른 뒤 신부 어머니가 조심스레 물었다. "저… 섭섭하지 않으시겠어요?" 순간, 왜 시어머니가 돌아가시던 날이 떠올랐는지. 눈물이 나오려 해 얼른 입술을 지그시 깨물면서 "나의 마지막 모습을…."이라고 말하다가 말았다. 주책도 바가지다. 살아생전 아무리 며느리의 기강을 바로잡으려 불호령을 해도 결국은 그 며느리 앞에서 떠날 것이다.

"자~! 한 잔 합시다." 내가 잔을 치켜드니 두 집 아버지들도 얼떨결에 따라 한다. "예물 예단, 통과!" 아이들이 서로 좋아한다는데 무슨 걱정인가. "누구 말도 듣지 마세요, TV 연속극도 보지 마세요." 신부집도 우리 집도 개혼(開婚)이다. 그렇다면 양가 어른과 형제들은 어찌할 것인가. 나는 다시 잔을 치켜들며 "각자 집에서 알아서 합시다. 통과!"라고 했다.

그래도 우리 딸 아들 낳아 시집 장가보내는데 엄마들은 한복 한 벌씩 해 입으면 어때요? 또 잔을 치켜들었다. "통과!" 어디 국회에만 통과망치가 있을까. "통과" 세 번 외치고 잔 세 번 부딪혔다. 공자는 "두 번 검토하면 괜찮다(再斯可矣)고 했다. 그에 비하면 나는 지나치긴 하지만, 세 번째 마무리 건배를 하니 드디어 혼사가 실감이 났다. 한 달 뒤, 한복 곱게 차려입은 두 안사돈이 아이들의 화촉(華燭)을 밝혔다.

언제부터 우리가 모두 사대부 가문이 되어 예단 예물 예식으로 예의범절을 갖췄는지 알 수 없다.

공자가 계씨를 비판하여 말했다. "팔일을 뜰에서 춤추게 하다니, 이런 짓을 감히 할 수 있다면, 장차 그 무슨 짓인들 하지 못할 것인가!"

孔子謂季氏 八佾舞於庭 是可忍也 孰不可忍也 - 팔일편

공자 시절에 천자(天子) 앞에서만 가로세로 여덟 줄 64명으로 추게 돼 있는 '팔일무(八佾舞)'를 대부 신분으로 자기 집 뜰에서 분수를 모르고 펼쳤던 계씨(季氏) 집안이나 다를 바 없다. 늘 남들이 문제다. 남의 며느리가 뭐가 그렇게 궁금한지 모르겠다. 명절에 시댁에 왔었는지, 어버이날에는 뭘 선물했는지 묻는다. 며느리에게서 명품가방, 명품지갑, 모피코트, 이부자리, 은수저와 반상기를 받았느냐고 묻고 또 묻는다.

'혼인하고 장가드는 데 재물을 논하는 것은 오랑캐들이나 하는 짓이라'고 했다. 우리는 사돈 간에 서로 뜻을 존중해준 덕분에 다행히 오랑캐 대열을 면했다.

내가 아들의 혼사를 간소하게 치른 것은 내 결혼 경험에서 우러나온 것이다. 나는 없는 집 딸로서 내 손으로 벌어 혼수품을 마련해야 했다. 연애기간 동안 수첩에 빼곡하게 메모하고 서울 남대문시장과 동대문시장을 들락거리며 그릇세트, 술잔, 커피잔 같은 물건들을 구하러 다녔다. 명주실로 도포끈을 매듭으로 맺고, 먹을 갈아 여덟 폭의 반야심경(般若心經) 병풍을 손수 썼다. 구정뜨개실로 쿠션 식탁보 커튼을 짜고 오색실로 수를 놓았다. 그렇게 해야 시집가는 줄 알았다. 나는 결혼한 지 서른 해가 넘었다. 그런데 아직도 상자 속에서 꺼내지 않은 잡동사니 혼수품이 그대로 들어 있다.

예단도 많이 받았다. 물건목록이 두루마리 한지에 줄 맞춰 적혀 있었다. 그 보석, 그 옷가지들, 그 화장품…. 앞치마 입고 호되게 시집살이하는 나에게 도움되는 물건은 하나도 없었다. 낯선 곳으로 시집온 나에게 필요한 건, 따뜻한 말 한마디, 환한 웃음, 편안한 잠자리였다. 시어머님은 예물로 고급시계를 넣어주셨다. 그 귀하다는 물건은 나에게 고삐였다. 모파상 소설에 나오는 '진주 목걸이'였다. 나는 몇 년 동안 월부로 갚듯이 매달 시어머니께 돈을 드렸다. 물론 달라고 말씀하시지는 않았지만, 가난한 며느리의 자존심을 그렇게 지켰다. 그때부터 '내 아이들에게는 내가 아프고 싫었던 것은 하지 말자.'고 다짐했다. 그 후, 풀꽃 부케 한 아름 안은 소박한 결혼은 나의 꿈이 되었다.

요즘 나도 바쁘고 남편도 바쁘고 며느리도 바쁘고 아들도 바쁘다. 바쁘게 일하는 가운데도 며느리는 내게 "메뉴 뽑아 놓았어요."라고 카카오톡을 보내 함께 외식도 자주 한다. 내가 며느리를 껴안아 주면 저도 덩달아 팔에 힘을 준다.

내가 며느리에게 새삼 무엇을 가르칠까? 궁중음식, 신선로, 떡국 위에 얌전하게 삼색 고명 얹는 것, 그런 건 스마트폰으로 검색하면 다 나온다. 시어머니, 친정어머니가 애써 옛날 법도대로 가르치지 않아도 요즘 아이들은 자기들 입맛대로 잘해 먹고 잘산다. 잘한다, 잘한다, 칭찬하면 더 잘한다.

텐프로

— 철법(徹法)

엄마가 시외전화를 하셨다. 몇 달째 돈이 들어오지 않았다는 것이다. 나는 "그럴 리가 없다."고 딱 잡아뗐다. 통장에 송금날짜가 찍힌 것을 낱낱이 말하는데… 순간, 화가 났다. 언제부터 나에게 돈을 맡겨놓으셨나. 어찌 그리 당당하실 수가 있을까. 송금날짜를 깜박했던 것은 미안했지만, 나는 남편을 붙잡고 "엄마도 아니다." 라고 몇 날 며칠 흥분을 했었다. 돈 때문이 아니다. 전화를 끊으시면서 "자동이체해라."라는 말 때문이었다.

엄마는 오래 전, 딸을 부산으로 시집보내고 매번 서울역에서 울었다. 그리곤 집에 도착하면 시집살이하는 나에게 시외전화를 하셨다. "너는 눈물 한 방울 안 흘리더라."라며 매정하다고 했다. 꼭 너 닮은 딸 하나 낳아 키우라는 말에서 쇳소리가 들렸다.

내가 처녀 적에 엄마는 늘 내 월급날을 기다렸다. 매달 25일이면 무교동에서 메밀국수를 먹었다. 통행금지가 있던 시절, 일 년에 두 번 크리스마스에는 송추 그랜드산장에 가서 맥주를 마시고 섣달그믐날은 제야의 종소리를 들으러 종각으로 갔다. 스웨터 하나를 사도 원피스 하나를 맞춰도 엄마 것부터 해 드리고 내 것을 샀다. 엄마는 혼자서는 건널목도 건너지 못하는 어수룩한 사람이셨다. 오로지 딸을 서방 삼아 보호자 삼아 부부처럼 꼭 붙어 엄마와 나는 그렇게 살았었다.

애공이 유약에게 물었다. "해에 흉년이 들어서 재용이 부족하니, 어찌하겠는가?" 유약이 대답하였다. "어찌하여 철법을 쓰지 않습니까?" 애공이 말하였다. "10분의 2도 내 오히려 부족하니, 어찌 철법을 쓰겠는가?" 유약이 대답하였다. "백성이 풍족하면 임금께서 누구와 더불어 부족하실 것이며, 백성이 풍족하지 못하다면 임금께서 누구와 더불어 풍족하시겠습니까?"

哀公 問於有若曰 年饑用不足 如之何 有若對曰 盍徹乎 曰 二 吾猶不足 如之何其徹也 對曰 百姓足 君孰與不足 百姓不足 君孰與足

\- 안연편

왜 그 생각을 하지 못했을까. 까마득하게 잊고 있었다. 철(徹)이라는 글자에서 문득, '자동이체'란 말이 떠올랐다.

훈풍 부는 어느 봄날, 나는 아들 내외와 함께 외식하고 아이들 집으로 따라갔다. 내가 아무리 논어를 날마다 읽는다 해도 이천오백여 년 전의 주(周)나라의 *철법(徹法)을 반드시 따를 이유는 없다. 새 며느리에게 말을 하려는데 가슴이 두근거린다. 몇 번 심호흡해도 용기가 나지 않는다. 머뭇머뭇 눈길을 피하며 작은 목소리로 말했다.

"우리는 기독교인이 아니니, 부모를 신처럼 섬기라고는 안 한다." 그 대신 "네가 받는 월급의 텐프로를 다오." 엄마에게만 주면 아버지가 서운하실지 모르니 따로따로 달라고 했다. 내킨 김에 잠시 숨고름을 하고 연이어 조금은 당당해진 큰 목소리로 아들에게 말했다. 너도 네 연봉에서 텐프로를 장인 장모께 드려라. 둘 다 중간에 직장을 그만두거나 하면, 그때는 형편대로 해도 괜찮다. 그리고 혹시 날짜를 잊을 수도 있으니…, '자동이체'를 하면 편리하다. 이건 리허설이 아니고, 내가 내 입으로 직접 말한 것이다.

처음 며느리를 맞아들여 엄하게 가르치지 않는 것이 어리석은 짓이라는 태공(太公)의 말을 마음에 되새기며 스스로 자신에게 '파이팅'을 외쳤다. 생글생글 웃으며 듣던 새 며느리가 점점 긴장한다. 아들은 대놓고 뜨악한 얼굴로 우리 부부를 빤히 쳐다본다. '부모 맞느냐?' 하는 표정이다. 나는 다시 못을 박았다. "어른이 된다는 것이 쉽지 않다." 한마디 더 붙여 '사람 사는 도리'라고 말을 하려는데….

"그럼, 난 엄마 아빠 안 봐요." 한방의 강한 펀치가 날아왔다.

텐프로를 주지 않겠다는 게 아니라, 아예 부모를 안 본단다. 순간, '너 닮은 딸을 낳아라.'라던 친정엄마 생각이 났다. 나는 그동안 얼마나 안심하면서 살았던가. 천만다행으로 아들만 둘을 낳았으니 의기양양 엄마 앞에서 유세를 떨면서 살았었다.

이런 고얀 놈이 있나. 그래도 그렇지 "아들, 너는 누가 봐도 엄마를 쏙 빼닮았어요. 어찌 아드님께서 어미를 안 보고 살 수가 있겠어요?" 아주 차분하고 온화한 목소리로 교양까지 옵션으로 얹어 말했다.

"아들아, 안 본다는 말은 당장 거두고 사과하거라."

"예, 엄마 잘못했어요."

자식에게 텐프로 용돈을 받으려다 어미의 자존심 십일조도 못 건졌다. 엄동설한에 찬물을 끼얹은 해프닝, 자식에게 부모는 과연 몇 프로 정도일까.

* 徹法 : 주(周)나라 때의 조세법(租稅法). 백무(百畝)의 사전(私田)을 받은 사람이 십무(十畝)의 공전(公田)을 경작하여 그 수확을 관청에 바침. 즉, 십분지일(十分之一)의 납세(納稅)법.

빈빈(彬彬)

– 문질빈빈(文質彬彬)

현의 선율이 곱다. 청실홍실의 금슬 현이다. 예전에 혼례에는 악(樂)을 연주하지 않는다고 했다. 관혼상제의 사례 중에 내가 주인공이었던 시간을 송두리째 넘겨주는 서운함이 크기 때문이다.

드디어 아이가 어른이 되는 날이다. 우리나라는 서양처럼 스무 살이 되었다고 경제적으로나 정서적으로 '딸각!' 부모 자식의 관계를 끊을 수 없는 사회구조다. 공자님 일대기에서조차 열다섯 살인 지학(志學)에서 스무 살을 빼고 바로 삼십이립(三十而立)으로 넘어갔다. 몸은 커서 어른이 되었으나 아직 어른행세를 하기에는 약하다고 하여 약관(弱冠)이라는 단어가 사전에 있을 뿐이다.

공자, 가라사대. "질(質, 본바탕)이 문(文, 아름다운 외관)을 이기면 야(野, 촌스럽고)하고, 문(외관)이 질(본바탕)을 이기면 사(史, 겉치레만 잘함)하니, 문과 질이 적당히 배합된 뒤에야 군자이다."

子曰 質勝文則野 文勝質則史 文質彬彬然後君子 – 옹야편

어찌 군자(君子)까지야 바라겠는가. *빈빈(彬彬)은 반반(斑斑)과 같으니, 서로 섞여 적당한 모양이다. 세련됨보다는 차라리 소박하여 조금 촌스러움이 낫다고 하는데 요즈음 세태가 어디 그런가. 내 나이 비슷한 여인들만 봐도 명품 치레에 얼굴까지 성형 수술과 시술을 서슴지 않으니, 내 아이들보고만 겉치레로 세련되기보다 꾸밈없는 바탕으로 살라고 할 수도 없는 노릇이다.

결혼을 앞둔 아이들은 수중(水中)에서 식을 할거라고 했다. 하객으로 초대받으면 나도 산소통을 메고 물속으로 들어가야 하는지 걱정을 했었는데, 다행히 둘이만 바다에 들어가 촬영했다. 그리고 학교에서 예식과 피로연의 예악(禮樂) 절차를 마쳤다. 결혼식 날 아들이 마이크를 잡고 "이런 기적 같은 일이 일어나 제가 결혼을 하리라고는 상상하지도 못했다."고 할 만큼, 객기로 빛나던 시간을 어떻게 다 나열할까?

아들은 어려서부터 문(文)에 가까웠다. 한마디로 튄다. 겉멋으로 특목고등학교를 선택했고, 미술대학에 진학했다. 대학을 졸업하고 강남거리를 지나가다가 차가운 유리건물에 비치는 자신의 모습이 가장 어울린다며 서울생활을 시작했다. 바로 논현동의 플래툰 쿤스트할레(platoon kunsthalle)에 들어갔다. 말이 근사하여 작가이지 입에 풀칠도 어려웠다.

큰아이가 스무 살이 되었을 때, 성인식을 치러주고 싶었다. 그러나 그즈음 시어머님이 병환 중이셔서 작은 아이처럼 블랙 초콜릿 케이크와 와인 한 잔 부어주는 약식의 향음주례도 갖추지 못하고 시기를 놓쳤다. 할 수 없이 *자(字)만 내려주었다. 나는 ≪논어≫ 옹야편의 문질빈빈에서 따온 '彬彬'으로 아이의 자를 지었다. 성호(星湖) 이익은 "사람은 이름으로 몸을 바르게 하고, 자로써 덕행을 표상한다."하였다. 대부분 호(號)가 풍류와 해학적인 것과는 달리, 자는 근엄하고 실천적인 덕목을 담아 겸손한 글자로 짓는다.

예서체로 쓴 이름을 표구하여 아이 방에 걸어놓았더니 펄쩍 뛰었다. 그때 아들은 자신의 정체성을 찾고 있었다. 차비가 없어 집에 오지 못할 정도의 빈 주머니와 책과 붓 사이에서 무엇을 잡을까 고심하는 빈손이었다. 그 당시 자신을 가난의 극치로 여겼다고 한다. 그날 이후, 하나는 '자유로운 영혼' 적빈(赤貧)의 가난이고, 또 하나는 '선택한 가난' 청빈(淸貧)의 빈빈(貧貧)으로 정했다고 한다.

아들이 '문질(文質)'이라면 며느리는 '사야(史野)'다. 세련[史] 순박[野]의 '예술경영' 학도다. 도드라지는 성품이 아들과 똑 닮은 거울이다. 단지 아들처럼 빼기의 디자인이 아니고, 더하기의 순수미술이니 스마트한 하트모양이다. 둘 다 기질이 뾰족하다. 그러나 위로 치솟는 열정이 그들에게 없다면, 어찌 첨단의 '끼'를 발휘하겠는가. 어미의 마음이란, 아이들의 인생이 조촐했으면 좋겠다. 아직은 눈에 잘 보이지 않는 원석이다. 앞으로 오랜 기간 절차탁마의 노력을 하면 분명히 보석이 될 것이다. 빛나되 눈부시지 않기를, 너무 빨리 공중부양하여 가볍지 않기를 바라는 마음이다.

그런 내 마음을 눈치라도 챘을까. 아이들이 어미에게 축사를 청했다.

분리와 독립

우리 집의 울프와 니나의 혼사에 와주신 하객분들 고맙습니다. 무엇보다 귀하게 잘 키운 니나와 부족한 울프의 결혼을 흔쾌하게 허락해주신 홍남주 선생님 유재옥 여사님 사돈 두 분께 진심으로 고맙습니다.

저희는 어제저녁에 서울에 와서 아이들을 만났는데요. 졸지에 덕담을 해달라는 바람에 외람되게 이 자리에 서긴 했습니다만, 누구를 더 덕 되게 할까요? 저희 아버님과 사돈댁 어른들 시댁어른들 남편의 친구분들 특히, 남편 김짝지님께 저만 혼자 뽑혀 죄송합니다. 혼자는 외로워 둘이랍니다. "여보, 나오세요." 저는 혼자서는 아무것도 못 하는 여자랍니다.(남편이 나와 옆에 섰다.)

저는 아들만 둘입니다. 이미 작은아들은 결혼했고요. 어쩔 수 없이 저는 시어머니 노릇밖에는 할 수가 없습니다. 결혼의 전제란 부모와 자식 간의 '분리와 독립'을 하는 것이라 들었습니다. 그 열쇠는 어머니가 쥐고 있다고 합니다. 아마 이 자리에 서서 벌벌 떨며 벌을 받도록 하는 것은 앞으로 너그러운 시어미가 되라는 의도적인 식순인 것 같습니다. '오라 가라, 해라 마라.' 참견을 자제하겠습니다.

30년 동안, 진자리 마른자리 지켜 온 엄마의 특권, 이제 돌보미 어미의 자리를 내려놓을 때가 된 것 같습니다. 남편하고 저하고는 오래전부터 늘 해온 이야기가 있습니다. 아이들이 하고 싶은 일을 할 수 있도록 도와주자는 말입니다.

오늘 드디어 혼례를 치르는 '자유로운 영혼의 소유자' 우리 울프와 니나가 어려서부터 키워온, 꿈꿔 온, 예술적인 끼를 잘 발휘하고 차츰차츰 성취하고 꿈과 일과 사랑을 병행하여 곱게 꾸려갈 수 있도록 저와 남편은 1등 후견인이 되자고 약속했습니다.
가족은 '붕어빵틀'이라고 합니다. 우리 부부가 잘사는 모습이 바로 모범 틀이 될 것입니다. 아이들이 건전하고 행복한 가정생활로 나라와 사회에 이바지할 수 있도록 힘껏 돕겠습니다. 정욱이의 이름처럼 바르게, 지혜의 이름처럼 지혜롭게 잘 살 것이라 믿습니다. 이제 저희 부부는 30년 전 새신랑 각시의 초심으로 돌아가, 함께 손잡고 사이좋게 방방곡곡 꽃구경이나 다니겠습니다. 여러분 앞에서 부모 · 자식 간의 〈분리와 독립을〉 선언합니다.(선언은 남편과 함께 했다.)

분리와 독립은 탯줄을 끊는 것과 같다. 우리 부부는 아이들 결혼식과 동시에 그동안 아이들과 맺었던 SNS 페이스북, 트위터 친구를 끊었다. 결혼이 아이들의 선택이었듯이 아이 낳고 기르는 것도 그들의 몫이다. 이제야 비로소 결혼하는 아들 내외가 스스로 선택한 '빈빈'의 바통을 넘겨준다. 비록 물질은 가난할지라도 예술정신은 풍요로운 안빈낙도의 삶이 되기를 바란다.

* 빈빈(彬彬) : 문채와 바탕이 함께 갖추어져 빛남이 적절하여 조화로운 모양.

* 자(字) : 성인식[冠禮] 때 이름을 존중하는 뜻에서 자(字)를 지어주었다. 일제 강점기 단발령 이전까지 비록 천자나 제후라도 또한 반드시 20세에 관례를 했었다.

미친놈과 고집 센 놈

—광자 견자(狂者 狷者)

아이들은 돌상 앞에서 밥숟가락을 거꾸로 들고 설쳤다. 눈앞에 있는 밥도 제대로 퍼먹지 못할 판이다.

어미의 마음은 누구보다 자식을 잘 키우고 싶다. 요즘은 아내의 자격도 자식을 잘 키우는 데에서 얻어진다. 어디 여자들뿐인가. 세상에는 '갑'과 '을'만 존재할 뿐이라며 무슨 일이 있어도 내 자식은 갑이어야 한다고 남자들도 덩달아 나서는 교육열이다.

산골에서 태어난 나는 약삭빠르지 못하다. 더하기나 빼기가 잘되지 않는다. 셈을 하면서 자라지 않았기 때문이다. "선비는 돈을 손에 쥐지 않고 쌀값을 묻지 않는다."고 했다. 선비라서가 아니다. 내가 살던 고향에서는 돈이 없어도 엿을 바꿔먹을 수 있었다. 떨어진 고무신이나 구멍 난 세숫대야를 갖다 주면 엿장수는 엿을 줬다. 얼마를 내고 얼마를 거슬러 받아야 하는지 계산을 못 해도 모자라는 사람이라고 놀림을 받지 않았다.

그 후 나는 서울에서 성장했으나 마음 깊은 곳에 남아있는 정서는 여전히 촌스럽다. 말이 후덕하여 '순박한 아이'이지, 사실은 네 것, 내 것에 그다지 밝지 못하고 이기고 지는 것의 경쟁을 무서워하는 겁쟁이다. 울타리 밑에 쪼그리고 앉아 신이 나게 뛰어노는 개구쟁이 동무들을 바라보다가 한 대 얻어터지면 찔찔 짜는 울보였다.

큰아이가 다섯 살 때 사과 그림을 보고 "애플" 하는 순간, 내 아이가 천재인 줄 알았다. 작은아이가 초등학교 2학년이 되어도 받아쓰기를 못 하는 것을 보며 바보인 줄 알았다. 자식을 잘 키우고 싶은 욕심이 날마다 천당과 지옥을 넘나들었다.

나는 아이들을 초등학교 3학년이 되면서부터 존경하기 시작했다. 왜냐고 묻는다면 나는 산수를 못했다. 구구단을 외우게 하는 것까지가 나의 한계였다. 그런데 아이들은 신기하게도 곱하기, 나누기, 분수까지 풀 줄 알았다. 내가 나서서 이래라저래라 할 수 없으니 본의 아니게 가르치는 역할에서 뒤로 물러섰다. 옷바라지에 밥바라지밖에 할 수 없는 어미 덕분에 각자 타고난 소질을 계발하며 제멋대로 자랐다.

공자, 가라사대. "중행의 선비를 얻어 함께 할 수 없다면, 반드시 미친 사람이나 고집 센 사람과 더불어 할 것이다. 광자는 진취적이고, 견자는 하지 않는 바가 있다."

子曰 不得中行而與之 必也狂狷乎 狂者 進取 狷者 有所不爲也

- 자로편

미친 사람은(狂者) 지나치게 뜻이 높고 진취적이다. 이들 집단은 다른 것은 하지 않고 자신이 하고 싶은 일만 한다. 고집이 센 사람(狷者)은 단순하다. 이런 사람은 자신이 하기 싫은 일은 억만금을 줘도 하지 않는다. 고집이 세기에 작은 궁리로 나쁜 일을 할 염려는 없다.

우리 집의 큰아이는 미친 듯이 살고 있다. 자유로운 영혼이다. 결혼하고 사랑스러운 니나와 하루 두 끼만 먹어도 오늘의 해가 떠서 마냥 행복해 한다. 마늘밭에 비닐하우스도 비무장지대의 원두막도 감당할 위인이다. 요즘 말하는 청년실업 88만 원 세대다. 그래도 당당하게 '실패자'라는 타이틀로 테드(TEDx)강의도 한다. '괜찮아, 괜찮아' 미친 듯 질주하는 그놈의 '끼'를 나는 대책 없이 믿는다. "뛰는 놈 위에 나는 놈 있고, 나는 놈 위에 재수 좋은 놈 있다."라는 말이 있다. 그런데 재수 좋은 놈을 이기는 사람은 다름 아닌 '미친 놈'이다. 자기 일에 미친 사람은 그 누구도 당해낼 수가 없다.

작은아이는 고집쟁이다. 지금까지도 받아쓰기 따위에는 관심이 없다. 해볼까 말아볼까 갈등이 없다. 자신의 판단을 믿는 아이다. 결혼도 단박에 예쁜 영근이와 그렇게 했다. 내가 무언가 궁리가 있어, 엄마는 지금 상황이 이러저러하다고 엄살을 부리면 "하고 싶으세요?" 묻는다 "글쎄, …" 여운을 남기면 바로 "하세요." 판정을 내린다. "하기 싫으세요?" "글쎄, …" 그럼 "하지 마세요." 참으로 명쾌하다. 마음이 가는 대로 바닷바람을 부리고 순응할 줄 아는 요트선수다. 순간의 감각으로 승부를 결정한다. 누가 뭐래도 자신이 믿는 일에 파고든다. 그럼, 그 아이들이 하는 것이 다 맞느냐고? 지천명을 넘은 나도, 아직 내 적성에 맞게 살아가고 있는지 모르는데, 이제 겨우 나이 서른 즈음에 인생의 정답을 어찌 알겠는가.

말은 너그러운 척 이렇게 해도, 내 자식들이 '남의 눈의 꽃'이었음 좋겠다. 중행군자(中行君子)라. 어찌 자로 잰 듯 저울로 단 듯 넘치지도 모자라지도 않는 사람이 있을까. 평범한 향원(鄕原)은 이도 저도 못한다. 미친 듯이 하는 놈과 똥고집으로 하는 놈은 끝내 무엇인가를 이뤄낼 것이다. 그것이 꼭 세상 사람들이 추구하는 부나 명성이 아닐지라도.

열정의 깃발을 휘날리며, 서슬 푸른 파도를 가르는 아이들을 부추긴다. 그 아이들의 어미, 오늘도 '또라이' 기질을 가진 놈들을 보면 또 가슴부터 벌름거린다.

뜰에서 가르치다

— 리정(鯉庭)

아기가 태어났어요.

예전에 어른들이 말씀하시기를 아이들은 제 먹을 것을 가지고 태어난다고 했어요. 요즘은 아이를 맡아 키워줄 사람도 심지어 만들 시간조차 없다고 엄살입니다. 아이 하나에 경제적 부담이 너무 크다고 울상이죠. 어찌하겠어요? 이미 나온 아이를 다시 들어가라 할 수도 없고요. 무자식 상팔자 유자식 상팔자, 어느 것이 정답일까요. 자식을 교육하는 일은 지극한 고행일 것입니다.

까꿍(覺躬), 네 몸이 어디서 왔는지. 도리도리(道理道理), 머리를 써서 세상 도리를 깨달아라. 곤지곤지(困知困知), 곤궁해지면 지식을 얻어라. 잼잼(潛潛), 요동치지 말고 인내심을 가져라. 이비이비(理非理非), 만져서는 안 되는 물건이다. 따로따로(他路他路), 다른 사람의 도움 없이 너의 갈 길로 가라. 지지(知止), 그칠 때를 알아라. 유희 같은 손동작으로 예전에도 아기 때부터 교육했습니다.

≪소학≫에서 사람이 태어나 8세가 되면, 물뿌리고 쓰는 것부터(灑掃應對進退之節) 가르쳤다고 하면, “그럼, 소는 누가 키우노?” 항의 시위를 하겠죠. 지금은 학교에 갔다 와서 참고서인 전과 한 장 베껴 쓰면 숙제가 끝나는 세상이 아닙니다. 공부보다 사람이 되라고 하고 싶지만, ‘엄친아’ 아이들이 영어 유치원 다니고, 특목고 가고, S대 가고, 대기업에 취업하니 내 아이도 부지런히 따라갈 수 밖에요. 부모가 조정하는 대로 잘 큰 아이가 왜 세상을 감당하지 못하고 돌연 잠적해버리거나 우울증세에 시달릴까요. 그들의 행복은 누가 책임져 줄까요?

큰 나무 밑에 작은 나무가 자랄 수 없습니다. 그늘이 너무 커요. 어느 기업의 회장님처럼 야구방망이를 들고 옥상에 올라가 아들을 위하여 가해자를 때려줄 수는 없잖아요. 명예와 돈으로 해결할 힘이 있다면 끝까지 참견할 만 합니다. ≪고문진보≫에 나오는 종수곽탁타(種樹郭橐駝)는 곱사등이입니다. 그러나 나무 하나는 기가 막히게 잘 키웁니다. 나무의 본성에 따라 해준 다음, 아주 내버린 것처럼 합니다. 그런데 다른 사람들은 줄을 세워 심어놓고 학원과 과외방을 전전긍긍하며 새 흙으로 계속 바꿔줍니다. 나무를 지나치게 사랑한 나머지, 밤낮으로 어루만져 주며 게임을 하는지, 야동을 보는지? 부모의 눈이 CCTV처럼 작동합니다. 오죽하면 학교 교실에 '엄마가 보고 있다'는 급훈이 있을까요. 오로지 너만을 사랑한다며 나무껍질에 손톱자국을 내어 나무가 살았는가, 죽었는가, 자존심을 건드리고 흔들며 다 너를 위해서라고 하니, 원수가 따로 없습니다.

≪맹자≫에 알묘조장(揠苗助長)이라는 문구가 있습니다. 말 그대로 알면서 조장하는 거죠. 맹자 공손추 편에서 송나라의 어떤 어리석은 사람이 자신의 논에 벼가 빨리 자라지 아니하는 것을 민망히 여깁니다. 나락은 농부의 발걸음 소리를 듣고 자란다죠. 매일 나가서 보면 내 논의 벼만 늦게 자라는 것 같습니다. 조급한 나머지 어느 날 아침, 일찍 논에 나가 온종일 아직 여물지 아니한 벼 이삭을 한 포기 한 포기 목을 길게 다 뽑아 줍니다. 집에 돌아온 아비는 처자식 앞에서 "나의 삶은 너무나 피곤하다"며 한탄을 합니다. 글쎄요. 나는 그렇지 않다고요. 어디 그 옛날의 송나라 어리석은 사람만의 이야기일까요.

걱정도 팔자입니다. "배움을 끊으면 근심이 없다."고 ≪노자≫는 절학무우(絕學無憂)라고 하네요. 인간들이 학문 따위에 힘쓰기 때문에 걱정이 많아진다는 거죠. 처음부터 공부를 안 하면 걱정 따위가 없다. “응” 하면 어떻고 “예” 하면 어떤가. 본질은 똑같다고 유학(儒學)의 예의범절 논리를 신랄하게 뒤엎습니다. 정말 ‘아는 것이 병’인 식자우환(識字憂患)입니다. “사람이 배우지 않으면 어둡고 어두운 밤중에 길을 가는 것과 같다.” 세상을 등지고 낚시나 하는 강태공조차도 배우라고 한 말씀 하십니다. 도대체 하라는 말인지, 하지 말라는 말인지. 천명(天命)을 아는 이후라면 몰라도 어찌 어린이나 청소년, 그리고 젊은이가 배우지 않고 살 수가 있을까요. 용기가 있으면 선택은 자유입니다.

조선 시대 책만 읽던 바보 이덕무는 자식의 불행을 세 가지로 나눕니다. 첫째, 소년 등과. 둘째, 부모 덕에 취직하는 것. 셋째, 말을 잘하는데 글까지 잘 쓰는 것. 멋지죠? 요즘 엄마들이 바라는 현대인의 덕목입니다. 그렇습니다. 정보화시대는 검색하면 다 나옵니다. 잘하면 신문에 나오고, 못하면 검찰청에서 오라 하고, 돈 많이 벌면 세금고지서가 나오고, 골목골목 곳곳에서 시시각각 몰래카메라가 감시하는 우리나라입니다.

여태까지 동양고전으로 자녀 사랑을 살펴봤습니다. 그렇다면 명분을 앞세워 사람답게 사는 유학(儒學)의 시조이며 사립학교의 효시인 공자(孔子)는 어땠을까요. 제아무리 ‘눈높이 교육’의 대가인 공자라도 자기 자식을 가르치는 방법은 남다를 텐데…. 혹시, 고매

한 척 가장하며 몰래 고액과외를 시키는 것은 아닐까. 아마 쥐도 새도 모르게 원정출산을 했거나 조기 유학을 보냈을지도 모르지. 어쩌면 방문을 잠가놓고 자식을 끼고 앉아 꿀밤을 쥐어박으며 아비가 손수 가르치는 것은 아닐까? 그 당시도 궁금했을 것입니다.

진항이라는 사람이 공자 아들 리(鯉)에게 혹시 자네 아버님의 특이한 가르침이 있느냐고 묻었다. 공자 아들 리가 대답하기를 어느 날 빠른 걸음으로 뜰앞을 가로질러 빠져나가는데 공자가 홀로 뜰에 서서 공자, 가라사대. "시를 배웠느냐?"(인문학) "시(詩)를 배우지 아니하면 남과 더불어 말할 수 없다." 또 다른 날 뜰앞을 가로질러 빠져나가는데 뜰에 홀로 서서 "예(禮)를 배웠는가?"(실천) "예를 배우지 아니하면 세상에 나서서 행세할 수 없다."라고 하시기에 시를 배우고 예를 배웠다고 말한다. 진항이 그 말을 듣고 기뻐하며 하나를 물었는데 시를 배우고 예를 배우고 군자가 아들을 멀리하는 것을 들었노라고 한다.

陳亢 問於伯魚曰 子亦有異聞乎 對曰未也 嘗獨立 鯉趨而過庭 曰 學詩乎 對曰 未也 不學詩 無以言 鯉退而學詩 他日 又獨立 鯉趨而過庭 曰 學禮乎 對曰 未也 不學禮 無以立 鯉退而學禮 聞斯二者 陳亢 退而喜曰 問一得 聞詩聞禮 又聞君子之遠其子也 - 계씨편

공자의 자식교육은 가르침을 '뜰에서 가르친다.' 하여 '이정(鯉庭)'이라고 합니다. 어디, 자식뿐인가요. 가족도 친구도 지나치게 가까운 친압(親狎)은 금물입니다. 너무 가까우면 서로 사랑이라는 이름으로 참견하고 찌르게 됩니다. 난로와 같고 고슴도치와 같이 서로 온기를 잃지 않을 정도의 객관적인 거리입니다. 지구와 달, 해와 달, 적당한 거리에서 끄는 힘, 미는 힘이 조화를 이룰 때, 한결같이 오래 갈 수가 있습니다.

예전에 저희 엄마도 저에게 늘 말씀하셨죠. "나야 뭘 아느냐? 네가 알아서 해라!" 요즘 어른들은 너무 똑똑해요. "니들이 뭘 알아?" 울타리 쳐진 뜰 안 뿐만 아니라, 아이들 머릿속까지를 지배하려 듭니다.

5

원숭이 똥구멍

오키나와에서 삿포로까지

—≪돈가스의 탄생≫을 읽고

할부정불식(割不正不食)

새댁 시절, 초인종 소리가 들리면 앞치마를 입은 채 쪼르르 대문으로 달려나갔다. 우유 배달원이나 전복 껍데기를 사러온 아주머니는 주인이 없느냐며 측은한 시선으로 나를 밀어냈다. 우량아 선발대회를 하며 '날으는 돈가스'의 몸매가 부의 상징이던 시절이었다. 수수깡처럼 깡마른 며느리를 어머님은 "대문이 부끄럽다."라며 안타까워하셨다.

7세기 후반 일본은 불교의 영향으로 식생활이 보잘것없었다. 덴무 천황이 '살생과 육식을 금지하는 칙서'를 발표한 이래 1,200년여 년 동안 육식을 먹지 못했다. 메이지유신을 맞아 '서구를 따라잡아서구를 뛰어 넘자!'라는 구호로 스물한 살의 메이지 천왕은 하루아침에 "육식은 양생을 위해서라기보다는 외국인과 교제하기 위해 먹는다."라며 해금을 한다. 바로 '돈가스의 탄생'이다. 화혼양재(和魂洋才)' 즉, 일본의 전통적인 정신을 잃지 않고 서양문화를 배워서 조화시키고자 하는 '요리 유신'이다.

거리에 처음 육식 음식점이 들어섰을 때, 일반 서민들은 고기 냄새를 맡지 않으려고 코를 막고 눈을 가린 채 가게 앞을 지나갔다고 한다. 서양음식을 목으로 넘기지 못해, 드디어는 굶어 죽기 직전 상황에까지 내몰리게 된다. 이렇듯 거부반응이 있었지만, 육식은 정부 지식인으로부터 아래 서민으로, 양식의 개발은 아래서부터 위로 진행된다.

유난히 밥에 집착을 보이는 일본인들. 고급스러운 서양요리와는 쉽게 친숙해지지 못했지만, 대신 밥에 잘 어울리는 독특한 양식을 만들어낸다. 카레라이스, 고르케, 돈가스 같은 양식을 개발하여 일양 절충형의 요리법으로 일본인의 식탁은 풍부해진다. 문명개화를 위해 일본인들은 빵을 구워 중국식 팥소를 넣어 소금에 절인 벚꽃 꽃잎을 빵에 박아 단팥빵을 만들고, 영국식 미국식 프랑스식 빵으로 서민들의 식탁에도 매일같이 국적 없는 빵이 오른다.

그래서였던가. 시어머님은 일본에서 태어나 해방되던 해에 한국에 오신 분이다. 생활방식이나 식탁이 한일 절충형일 수밖에 없다. 결혼하기 전 나는 빵과 우유는 아이들의 간식 수준으로만 알았다. 밥이 보약이며 밥심으로 산다고 여겼다. 그런데 시댁 어른들은 아침을 빵으로 드셨다. 밥이면 있는 반찬에 국 하나 더 끓이면 아침 식사가 될 것을. 빵을 굽고 과일이나 채소를 갈아 주스를 만들고 매일 바뀌는 감자, 마카로니, 양상추, 마요네즈에 집에서 손수 만든 무화과 잼 등 샐러드 종류에 두세 시간을 꼬박 서서 식구들의 시중을 들어야 했다. 후식으로 커피까지 마시고 나면, 나는 지쳐 혼자 구석에 앉아 저녁에 먹다 남은 국에 밥을 말아 먹었다. "우리 서울 며느리, 촌스러워서 우짜노" 나를 가엾다고 하셨다.

"햇볕냄새가 배게 볕에 잘 말린 황금색 빵가루를 입혀 튀긴 바삭한 돈가스를 한입 가득 먹고, 양배추를 아삭아삭 씹어 입안의 기름기를 씻어낸다. 혀의 감각을 혼란스럽게 하는 일 없이 고기와 같이 부서지는 일체감. 돈가스를 한입 먹고 입 안에 남는 느끼함을 없애주는 양배추의 산뜻한 느낌이 더 맞았다."라고 일본인들은 말한다. 어머님은 돼지고기 살 돈이 없던 시절, 난전의 싼 고등어나 꽁치 등을 튀겨내어 돈가스 효과를 내셨다고 한다. 그 당시 남편 친구들은 누구 집에 가서 밥을 먹었다고 하지 않고 요리를 먹었다고 말한다. 물론 생선튀김 옆에는 양배추 채를 곁들였을 것이다.

어머님이 왜 그렇게 양배추의 채에 마음을 두셨는지 상상이 간다.

나는 양배추 채를 가늘게 써는 일에는 달인이다. 전날 저녁에 양배추 잎을 포를 뜨듯 발라내어 채를 쳐서 얼음물에 담가 놔야 아침에 생생하게 살아난다. 몇 년을 한결같이 중국집 주방장처럼 익숙하게 칼질을 해도 간혹 줄기가 섞일 때가 있다. 그런 날 어머님은 식사 도중 이불 꿰매는 돗바늘을 가져오라 하신 다음, 채 썬 양배추 잎 줄기를 무명실처럼 바늘귀에 꿰라 하셨다. 왼손이 하는 일을 오른손이 모르게 하라는 말이 있다. 가늘게, 가늘게, 더 가늘게…. 어머님의 서슬에 베이지 않으려고 왼손이 오그라지는 것을 오른손으로 무던하게 덮던 시절이다.

> 공자께서는 자른 것이 바르지 아니하면 잡숫지 않으시고, 장이 갖춰지지 아니하면 잡숫지 않으셨다.
> 割 不正 不食 不得其醬 不食 - 향당편

공자님은 음식에 까다로우셨다. 춘추전국시대 음식에 별나게 까다로운 공(孔) 셰프(Chef)가 계셨었다면 우리 집에는 어머니 박(朴) 셰프가 계셨다. 양배추 채도 채이려니 드레싱도 날마다 마요네즈나 토마토, 키위, 요플레, 마늘 소스 등으로 바뀌었다.

어머님은 일본에서 성장하셨기에 일본 문화나 음식에 집착하셨다. 일본 정신이 배었기 때문이다. 한 조각의 돈가스에는 수많은 일본인의 지혜가 응축되어 있다. 세계에서도 유례를 찾아볼 수 없는, 서민의 힘으로 요리를 창조해갔다. 오키나와에서 삿포로까지 마치 벚꽃축전의 행렬과도 같이 삽시간의 꽃구름처럼 점차 올라갔다. 예를 들어 '17茶'가 몸에 좋다 하면, 누구나 17차 병을 액세서리처럼 들고 다니는 획일적인 나라. 퓨전으로 전통을 재창조하고 지켜나가는 일본문화다.

일본에서는 싸구려 월급쟁이도 월급날이면 먹는다는 돈가스다. 돈가스를 먹어서일까. 생활 수준이 높아지면서 영양의 균형으로 체력도 향상되었다. 또한 학교 급식의 영향으로 점보코너가 생길 만큼 체력은 웃자랐다. 지금은 어떤가. 물질의 풍요와 과잉섭취 탓에 동서양을 막론하고 성인병으로 골머리를 앓고 있다. 그렇다. 인류를 살찌우는 '돈가스 시대'는 이제 거부당하고 있다. 세계는 지금 다이어트 중이다. 일본은 근대사 튀김옷을 벗을 때다. 힘의 열강이 아닌, 부드러운 감성으로 이웃 나라와 함께 '문화 유신'을 할 때다. 거친 밥과 나물국의 향기로 더불어 상생하는 웰빙시대다.

그러나 나는 돈가스고 나물국이고 먹는 것에 관한 한, 가타부타 말할 자격이 별로 없다. 많이 먹어내지도 못하며, 즐겨 먹지도 않는다. 먹으려고 사느냐, 살려고 먹느냐 묻는다면 나는 당연히 살려고 먹는다. 맛보다는 빈속을 때우는 '끼니' 수준이다. 한 끼만 안 먹어도 허리가 접어지는 부실한 몸이다. 끼니마다 밥그릇 밑바닥이 보이기 시작하면 세 숟가락만 먹으면 끝! 두 숟가락만 먹으면 끝! 숙제처럼 먹는 '밥맛없는 여자'다.

옛날 어른들은 밥 먹는 모습에 복이 들었다고 말씀하신다. 그렇게 본다면 나는 참 복이 없어 보인다. 사실 누군가 나에게 만 원짜리 이상의 음식을 사주면 집에 와서 반드시 화장실을 들락거린다. 기름진 것이 살로 가지 못하고 부담으로 배설된다. 그러나 오천 원 정도는 괜찮다. 오히려 된장찌개나 칼국수의 따뜻함이 온정으로 두터워진다. 식탁에서의 음식문화가 풍요로우셨던 어머님도 돌아가셨다. 이제 나는 조심스럽게 양배추를 썰지 않는다. 아이들도 다 분가하였으니 가위나 칼도 내려놓은 지 오래다. 내 삶이 반들반들 윤택하지 못하듯, 나의 몸은 여전히 대문이 부끄러운 가난한 여자다. 결코 엥겔지수가 비싸게 치지 않으니 경제적으로 보면 남편만 횡재한 셈이다.

가족사진

— 유필유방(遊必有方)

그들은 엄마를 잃어버렸다.

칠 남매나 되는 그들은 고향에 홀로 계시는 엄마에게 전화해, 자식을 키우는 하소연을 하고 다른 형제들 소식도 물어본다. 명절 때는 어김없이 찾아뵙고 합심하여 외국여행도 보내드렸다. 엄마는 채소밭을 일궈 해마다 고춧가루와 마늘을 보내주셨다. 늘 고향의 풍경처럼 제자리에 계실 줄 알았던 엄마, 엄마가 없어졌다.

한마디 말도 없이 한 장의 쪽지도 없이, 사라진 엄마를 찾으러 자주 다니던 약국으로, 친척 집으로, 야산으로, 방죽으로 찾아다니다, 급기야는 전국의 무연고자 시신 안치실까지 찾아다닌다.

엄마는 어느 곳에도 없었다. 각자의 생업으로 돌아가 마음속으로 엄마를 부를 수밖에 없을 즈음, 동네 아주머니 중에 체구가 비슷한

분을 모셔와 자식들의 가운데 자리에 앉혀놓고 사진을 찍는다. 그리고 그 아주머니 얼굴 위에 엄마의 사진을 덮어 컴퓨터 합성으로 가족사진을 완성하는 장면으로 TV 〈인간극장〉은 끝났다.

우리 집 형제들도 주말마다 어른들이 계신 본가에 모였다. 언제나 식구가 마당 가득했다. 계절마다 형형색색의 꽃이 피듯, 삼 형제의 여섯 손자 손녀들이 배경화면처럼 화목했다.

벚꽃이 화사하게 핀 날, 어머님께 사진을 찍자고 하면. 영산홍이 더 곱다고 나중에 찍자고 하신다. 영산홍이 병풍처럼 둘러 핀 날은 누가 여행 중이거나 어떤 연유라도 있어 한두 명은 빠지게 마련이다. 명절에 옷이라도 갖춰 입은 날은 오늘만 날이냐며 내년을 기약하신다. 이래저래 차일피일 몇 년의 세월이 더 흘렀다.

하기야, 그까짓 사진 따위가 뭐 그리 중요하겠는가. 남의 집 거실벽에 걸려 있는 정지된 사진 한 장보다 늘 한 울안에서 벅적거리는 가족의 활동 모습이 더 소중했을 것이다.

그런데 느닷없이 어머님이 병원에 입원하셨다. 워낙 건강하셨던 터라 허리가 삐끗한 정도로 금방 나으시려니 여겼는데, 혼자서 일어서지도 걷지도 못하는 위중한 상태가 되었다. 병원생활을 하신 지 반년 정도가 되었을 무렵, 형님댁과 합가를 하는 날 어머님이 병원에서 외출을 나오셨다. 이삿짐을 한쪽 편에 부려놓은 채, 가족

사진을 찍는다고 야단이다. 예약해 놓은 사진사가 어머님보다 먼저 와 대기하는 비상사태가 되어 군에 간 손자도 배를 타던 손자도 바다에서 돌아왔다.

불안한 응급소리를 내며 구급차로 모셔왔다. 병원용 간이침대에서 조심스럽게 휠체어로 옮겼다. 급한 마음에 환자복 위에 편안하게 입으시던 자주색 누비저고리를 걸쳐 드렸다. 어머님은 순간순간 급하게 서두르는 눈빛들 속에서 '무슨 일이 있나. 왜들 이렇게 서두르는지…' 오히려 구경꾼처럼 우리를 물끄러미 바라보신다. 그러면서도 덧저고리를 손으로 자꾸 벗으려고 시늉하신다. 은은한 비둘기 빛 생고사 얇은 한복을 찾아 입혀 드리니, 그제야 빙긋이 웃으신다. 나는 아무도 몰래 새끼손가락에 립스틱을 묻혀 어머님 입술에 살짝 발라 드렸다. 화색이 도는 듯 금세 고우셨다.

> 공자, 가라사대. "부모님이 생존해 계시거든 멀리 놀러 가지 아니하며, 놀더라도 반드시 방향을 둘 것이니라."
>
> 子曰 父母在 不遠遊 遊必有方 - 이인편

부모님이 살아계시거든 놀더라도 반드시 방향을 둬라. 자식은 부모의 얼굴을 잊지 않는다. 그런데 부모님은 갈수록 정신이 희미해지면 자식의 얼굴을 잊는다. 자주 보는 며느리는 기억하고, 오랜만에 친정에 온 따님한테는 "댁은 뉘신데, 이렇게 친절하시냐?"고 묻는다. 가까이서 자주 뵈어야 하는 이유다.

계절마다 꽃 같은 날들도 많았건만, 시(時)를 다투는 소란스러움이 도대체 무엇인가. 엄마를 잃어버리고 나서야 찾아 헤매던 그들과 무엇이 다른가. 어머님이 잠시를 힘들어하시니 사진사까지 마음이 급하다. "자 한 번만 더 웃으세요. 하나, 둘, 셋!" 구령에 따라 입가에는 웃음도 살짝 지어보건만, 14명 각자의 가슴에는 굵은 빗줄기가 후드득후드득 죽비처럼 때리고 있었다.

묵은 가지에 꽃 피고, 새 울고, 봄이 오고, 봄이 가고 또 봄이 오고… 잠시 정지화면이 되었다가 다시 돌아가는 화면처럼 일상이 돌아간다. 햇살 좋은 날은 꽃그늘 아래에서 친구들과 함께 사진도 찍고 여행도 간다. 어찌 살면서 맑은 날만 있을까. 비가 내리고 빗물에 마음까지 젖는 날에는 수묵화 한 장 그리듯, 빛바랜 글을 쓴다.

난 아직도 긴박했던 그 순간이 떠오르면 가슴 한쪽이 먹먹해진다. 그래도 그날, 그 사진이라도 안 찍었으면 어찌할 뻔했는가. 살면서 정기적으로 건강진단을 받듯, 명절이나 생신 제사 시사 등 대소가 가족이 모이기만 하면 나는 카메라를 청진기처럼 들이댄다. 아버님 아주버님 형님 동서 조카들, 다소 서열의 관계가 서먹할지라도 카메라 앞에서는 모두 활짝 웃는다.

꽃피는 봄, 이제야 그 날 찍은 가족사진을 편안하게 바라본다.

감추어 두시겠습니까?

— 온독이장(韞匵而藏)

자공이 말하기를 "여기에 아름다운 옥이 있을 때 이것을 궤 속에 넣어 감추어 두시겠습니까? 아니면 좋은 값을 구하여 파시겠습니까?" 하자, 공자, 가라사대. "팔아야지, 팔아야지. 그러나 나는 좋은 값을 기다리는 자이다."

子貢曰 有美玉於斯 韞匵而藏諸 求善賈而高諸 子曰沽之哉沽之哉 我 待賈者也 - 자한편

무엇을 좋은 값에 팔 것인가. 물욕인가 육신인가. 빈손으로 왔다가 빈손으로 간다는 무소유는 신이 인간에게 준 화두인지 모른다. 어디 빈손뿐인가. 온 국민이 몸무게까지 가볍게 하려는 다이어트 열풍 중이다. 무공해 채소를 먹고 자연 친화적으로 건강하게 잘 살

자는 웰빙(well-being)도 점점 차별화되어 보통의 삶보다 훨씬 더 사치스러워졌다. 욕심을 다 떨쳐 버리고 지인들이나 불러 소박하게 차나 마시자며 준비하는 다기(茶器)들만 해도 자꾸 늘어난다.

'웰다잉(well-dying)' 잘 죽어 가는 것도, 이제 잘 사는 것만큼이나 소중한 덕목이 되었다. 오래전 어머님은 마지막에 가지고 갈 물건을 준비하고 계셨다. 회갑 년 윤달에 명주 필을 장만하면서부터다. 산 세월을 거슬러 되돌아가듯 삶고, 잿물 내고 푸새하고 자근자근 밟아 정성스레 수의(壽衣)를 지어 상자에 담으셨다.

'환자감시장치기'의 꼬불꼬불한 그래프 선이 삶이라면 죽음은 일직선이다. 마지막 그어질 선을 미리 준비하는 여유가 선각자의 목탁처럼 마음을 쳤다. 물건뿐 아니라 학연, 지연, 친인척이나 곗돈 때문에 헤어지지 못하는 사람들과의 인연도 야박하다 싶을 정도로 선을 그었다. 그리곤 어제 만나 맛있는 점심 먹고, 오늘 만나 차 마시며 눈물 찍고 웃어넘긴 사연들 툭툭 털어버리고, 설령 내일 아침 서로 다른 세상으로 갈지라도 아쉬움이 없을 정도의 정만 주고받았다.

마음이 부자라야 진정한 부자라며 정신적인 풍요에 가치를 두셨던 어머님. 배고프고 추운 사람들부터 챙기던 따뜻한 마음씨. 이승의 마지막도 겁내지 않고 준비하시던 당신께서도 사후의 평가에 대하여는 불안하셨던가.

상례의 절차에 저승에 가서 먹을 식량으로 입안에 생쌀이나 구슬을 넣는 의식이 있다. 어머님은 양식을 마다하고 대신 물방울 모양의 흑진주를 머금고 가실 요량으로 진주 알을 준비하셨다. 큰스님의 고결한 인품처럼 사리 하나쯤 나와 검증이라고 받고 싶은 마음이셨을까.

그러나 진주는 사리가 되지 못했다. 사라졌다. 재물이란 미꾸라지 같다고 하던가. 잡으려고 들면 들수록 더 미끄럽게 빠져나간다고 한다. 재물을 믿는 것은 창기의 정절을 믿는 것이나 다름없다고 일찍이 다산(茶山)은 말했다. 도둑에 빼앗길 염려도 없고, 불에 타버릴 걱정도 없으며, 소나 말을 이용하여 운반하는 수고도 없이 가장 안전하게 비밀리에 숨겨두는 방법을 제시했다. 나는 솔깃하여 침을 꼴깍 삼켰다.

살아생전 남에게 베풀어 주는 것, 왼손이 하는 일을 오른손이 모르게 하는 선행이 바로 음덕(陰德)을 쌓는 일이라고 한다. 어느 산골 작은 절집에 '땡추'라는 스님은 미용, 마술, 중장비기사, 스쿠버다이버 등의 이색적인 자격증으로 도를 닦는 틈틈이 읍내에 내려와 봉사한다. '중생을 위한 일이라면' 낚시꾼들과 낚시도 같이한다. "명색이 중인데 죽고 나서 사리 안 나오면 쪽팔리잖아요. 그래서 냉면 사리 엄청 먹어요.” 살얼음 동동 뜬 냉면 한 그릇 비운 듯이 시원하다.

남을 위해 땀 흘린 자야말로 진정한 냉면 사리 맛을 알 것이다. 평생 참고 절제하며 수행자처럼 살다 다 타버린 잿더미 속에서 한(恨)이 서려 나오는 사리는 마다한다. 살아생전에 땡추중처럼 땀 흘리며 봉사하고 난 다음 시원한 사리를 많이 먹고 싶다.

그날, 우리 가족은 칠순이 되던 해에 엮어 드렸던 어머님의 수필집 ≪꽃잎사랑≫을 관에 넣어 드렸다. 당신의 육신을 움직여 부지런하게 사신 세월이 고스란히 담긴 이야기를 가슴에 안고 그렇게 어머님은 떠나셨다. 보석은 흑진주 사리가 아닌 바로 살아생전의 ‘사람살이’일 것이다.

祭우담화文

— 천상여천상여(天喪予天喪予)

꽃보살!

절집 사람들은 어머님을 꽃보살이라 불렀습니다. 영단에 꽃을 예쁘게 꽂으셨지요.

어머님은 제가 시집올 때도 꽃처럼 예쁘시더니, 늙어서도 예쁘고, 아프실 때도 예쁘고, 하얀 명주로 지은 저승 옷을 입고 가시던 날, 분홍빛의 작은 수필집 ≪꽃잎사랑≫을 얹어 드리니 참으로 고우셨습니다.

저는 본래부터 키도 작고 몸무게도 작습니다. 그러니 속마음인들 클 리가 없지요. 그릇에 비유한다면 아마 작은 간장 종지일 것입니다. 다가올 일들을 미리부터 걱정하는 소인이지요. 그런 저에게 결혼하기도 전에 푸른 명주실로 오부자(五父子)의 도포 끈을 만들어

오라고 예단을 주문하셨습니다. 송곳을 이용해 잡아당기고 눌러도 단단한 매듭 실은 손끝을 부르트게 했습니다. 한집안의 법도를 동심결(同心結) 매듭으로 맺어 어머님의 며느리가 되었습니다.

또 어머님은 병풍을 손수 써 오라 하셨습니다. 원삼 족두리를 쓰고 현구고례(見舅姑禮)를 드리던 날, 초례청에 병풍을 쳤습니다. 그 병풍이 긴 세월 동안 어머님과 제가 서로 마음을 의지하는 울타리가 될 줄은 몰랐습니다.

홍치마를 입고 한삼자락 높이 올려 아침저녁 문안 인사드리던 무렵부터 어머님은 서실을 마련하고 붓글씨를 쓰셨습니다. 전 곁에서 먹을 갈아 드렸지요. 모시 적삼을 곱게 차려입고 외출하시는 날은 흰 고무신을 말갛게 닦아 발 앞에 놔 드렸습니다.

그 후 어머님은 몇 점의 작품으로 조촐한 전시회를 여셨습니다. 그리곤 제가 드렸던 병풍을 그동안 잘 썼다며, 새로 표구를 해 돌려주셨습니다. 그때 답례라며 어머님은 금강경(金剛經) 병풍을 손수 써주셨습니다. 263자(字)의 반야심경 8폭 병풍을 써드렸는데 5,149자의 12폭 병풍을 받았으니, 수익으로 친다면 어마어마한 이익이지요. 어머님은 제게 늘 그런 식으로 정을 주셨습니다.

어머님 회갑년(庚午年) 윤달에 명주 필을 마당 가득 펄럭이며 푸새를 했지요. 배산의 뻐꾸기 소리도 다듬잇방망이 소리에 맞춰 경쾌하게 들렸습니다. 어린이날, 어버이날, 스승의 날, 어머님 아버님 생신에 부처님 생신까지 사랑으로 겹쳐진 5월의 울안에는 보랏빛 꽃창포와 영산홍 꽃 빛깔이 참으로 고왔습니다. 손에 골무를 끼고 윤회의 바퀴처럼 재봉틀이 돌아갔습니다. 저승 옷을 지었습니다. 화기애애한 분위기 속에 꽃 같은 날들만 있을 줄 알았지요. 가족들이 오열하며 지켜보는 가운데 손수 지으신 그 옷을 겹겹이 껴입고 가실 줄 어찌 상상이나 했겠습니까.

뒷마당에 심지 않아도 자생하던 돌미나리, 취나물, 민들레처럼 저의 일상이 날마다 봄날은 아니었지요. 폭우가 쏟아지고 서릿발이 쳐도 춥다 덥다를 내색하지 않았을 뿐입니다. 송홧가루 뽀얗게 날리는 음력 4월은 새벽부터 장독을 닦느라 늘 잠이 모자랐습니다. 단 하루만이라도 휴가를 받아 늘어지게 잠을 자보는 것이 소원이었지요.

곁으로 분가해 각 집에 살면서도 어머님이 "니 어디 갔더노?" 물으실까 두려워 이웃집에 마실도 못 갔습니다. 그 말이 그냥 치레인사라는 걸 뒷날에야 알았습니다. 개 짖는 소리가 들리면 손님이 왔나 싶어 뛰어갔고, 이불 빨래가 널리면 불안하여 비 오는 날의 휴식을 꿈꿨습니다. 마음씨 말씨 솜씨 맵시의 부덕을 고루 다 갖추신 어머님은 한 치의 어긋남도 못 본 척 넘기지 못하는 성품이셨습니다. 불호령과 저기압 전선을 만들어 며느리들 기강을 바로잡으셨지요. 어머님 마음에서 벗어나지 않으려고, 늘 조심스럽게 옷깃을 여미며 마음의 보초를 섰습니다. 심신은 고단했지만, 운명처럼 그렇게 어머님과 합이 척척 맞았습니다.

저는 늘 어찌하면 이 역할에서 벗어날 수 있을까를 궁리했습니다. 힘들다 힘들다 하면서 수면제와 신경성 설사를 내 몸인 양 달고 다니면서도, 어머님 곁에 있어야 마음이 편안했습니다. 어떤 이는 자신을 스스로 자학하며 오히려 그 관계를 즐긴다고도 했습니다.

지금 이 허망함. 지난 세월의 부질없음은 제가 절대적으로 의지하고 있던 팽팽한 끈을 놓쳐버린 데 있습니다. 크고 작은 일들을 의논드리고 남편이 저에게 섭섭하게 한 것을 일러바칠 사람이 없어졌습니다. 언제나 제 이야기를 귀담아들어 주시고 인정해 주셨던 유일한 후원자를 잃었습니다. 하늘이 무너지는 것 같았습니다.

> 안연이 죽자, 공자가 한탄했다. "아아! 하늘이 나를 버리셨다, 하늘이 나를 버리셨다." 공자가 통곡하며 소리를 내 울었다. 따라갔던 제자가 "선생님께서 통곡하셨습니다."고 말하자, 공자, 가라사대. "내가 통곡을 했다고? 내가 그를 위해 통곡하지 않으면, 누구를 위해 통곡하겠느냐?"

顔淵死 子曰 噫 天喪予 天喪予. 子哭之慟 從者曰 子慟矣 曰 有慟乎 非夫人之爲慟 而誰爲? – 선진편

저는 마음 놓고 소리 내어 통곡도 하지 못했습니다. 가슴을 짓누르며 화장실에서 헉헉 울었습니다. 마치 저는 시집에서 버림을 받은 것만 같았습니다. 어머님이 병원생활에서 자주 말씀하셨듯이 "벌써 가려고?" 나중엔 나비처럼 가볍게 무언의 날갯짓을 하실 때마다, 전 어머님 손을 꼭 잡고 "걱정하지 마세요. 어머님. 지켜 드릴게요."라는 말을 했었습니다.

예로부터 제문(祭文)을 *유묘지문(諛墓之文)이라 하여 *"포(褒)는 있어도 폄(貶)은 없다."라고 했습니다. 혼자만 읽고 다른 사람에게 보이지 말라고도 했습니다. 그렇다면 아예 쓰지도 말았어야 합니다. 그러나 어찌 제가 어머님 가시는 길에 배웅을 안 할 수가 있는지요. 늘 그랬듯이 어머님 곁에서 주절주절 말동무되어, 어머님이 염라대왕을 만나는 그 순간까지 같이할 것입니다.

지금 저희 온 청남(淸南) 가족은 영주암에서 지극정성으로 49재를 올리고 있습니다. 어머님과 생활하던 우리 집 '청남 산장'은 절에서 기도 도량으로 쓰고 있습니다. 불자들은 우리가 살았던 집을 '정토(淨土)의 집'이라고 합니다. 우리 대소가의 가족사와 어머님과 제

가 마주앉아 화락의 세월을 쌓던 울안. 그 넓은 품 안에서 나오렵니다. 이제 대붕처럼 제 마음이 가는 대로 소요산(逍遙) 자락을 산책할 것입니다. 감히 말하건대 저는 좁은 소견머리로 어머님 앞에서 있는 힘을 다해 정성껏 살았습니다. 여한이 없습니다.

*'우담화' 우담화는 어머님의 불명입니다. 금강경 병풍 속에서 깃털보다 가벼운 씨앗들이 날고 있습니다. 어머님은 제 가슴 한편에 영원히 피어있는 우담화입니다.

어머님, 어머님하고 살았던 22년의 세월을 소중하게 생각합니다. 어머님하고 맺었던 고부간의 인연을 사무치도록 자랑스럽게 여기고 있습니다. 어머님! 그동안 감싸주시고 아껴주셨던 마음 고맙습니다. 부디 좋은 데, 좋은 데, 아주 좋은 데… 극락왕생(極樂往生) 하십시오.

영면(永眠)하시옵소서.

—셋째 며느리 文化 柳昌熙 謹 올림

*유묘지문 – 귀신에게 아첨하는 글

*포는 있어도 폄은 없다 – 칭찬은 있어도 나무람은 없다.

*우담화 – 인도에서 삼천 년에 한 번씩 꽃이 핀다는 상상의 꽃.

문상객

— 영검영척(寧儉寧戚)

나는 자칭 유학자(儒學者)였다. 여러 기관에서 개설한 인문학 〈논어〉라는 과목을 맡고 있다. 고서에 박제된 글자들을 끌어내어 현대와 접목하는 교량 역할이다. 얼마 전부터 장례문화(葬禮文化)를 설명할 때 나는 조심스럽다. 자신이 없다. 나의 존재, 나의 위상은 단 며칠 만에 곤두박질쳤다.

어머님이 돌아가셨을 때 이야기다. 유달리 돈독했던 고부의 정을 놓쳐버리고 망연자실했다. 어머님의 큰사랑을 자랑삼았기에 어머님의 안부를 묻는 이가 많았다. 그냥 어머님을 잘 보내드렸다고 답을 했다.

어머님은 살아생전 회갑잔치와 고희잔치를 마다하셨다. 대신 회갑 년에 곗돈을 모두 나눠 모임들을 정리하셨다. 그리고 마치 마지막 황천길을 닦듯, 먹을 갈아 반야심경과 금강경 병풍을 손수 쓰셨다. 나는 나이 서른에 벌써 어머님의 생활방식을 닮아갔다. 여느 주부들처럼 정기적으로 만나 식사하고 곗돈 내는 모임이 없다. 동창모임도 아이들로 말미암은 어머니들의 모임도 없다. 내가 만나는 이들은 한 개인 자연인으로 만나 현재 하는 일을 말하며 지낸다.

어머님이 떠나시던 날, 나는 누가 볼세라 몰래 밖으로 나가 겨우 친정엄마에게만 부음을 알렸다. 결혼식처럼 좋은 잔칫날이 아니다. 더구나 '초상'은 예정된 날짜가 아니니 초대는 있을 수도 없다. 고인의 친지들이나 직계 친인척들에게만 알리는 '가족사'라고 배웠고 그래야 하는 줄 알았었다.

어느 수필에서 시부모님의 장례를 치른 며느리에게 멍석말이를 시켜 문중의 대문문지방을 넘게 했다는 글을 읽은 적이 있다. 한집안의 며느리가 시부모를 잘 모시지 못해서 돌아가셨기에 며느리에게 내리는 형벌이라 했다. 요즘 세상에는 말도 안 되는 이야기다. 연로하시거나 병이 심하여 돌아가신 것이다. 그러나 유교적 전통으로 보아 참 그럴듯했다.

문상객들이 왔다. 여름인지라 곱게 잠자리 날개 같은 세모시 옷매무새다. 나빌레라 우아한 자태로 여사(女史)님들이 기다린다. 아직 상주들이 성복(成服)을 갖추지도 않았다. 고인의 염(殮)을 하지 않았기 때문이다. 나는 의아하게 생각했다. 어떻게 기다린 듯 저렇게 빨리 달려올 수가 있을까. 연일 그렇게 왔다. 그러나 나를 위로해줄 울타리는 없었다. 상중(喪中)에 "도대체 어떻게 살았기에…, 부산서 산 세월이 얼마인데…." 그러게 말이다. 입이 몇 개라도 할 말이 없다. 나를 찾아온 문상객은 오로지 서울에서 오신 친정엄마 말고는 없었다.

그동안 내가 고인과 어떻게 살았으며, 그날 내가 어떻게 억장이 무너지는 줄은 아무도 모른다. 시댁에서 오로지 의지했던 내 편이 없어진 것이다. 그 슬픔을 문상객 숫자로 가늠한다. 상중에 눈총받고 나무람을 당할 만했다. 나는 아무도 보지 않는 화장실에 가서 혼자 아픔을 삼켰다. 소리가 새나가지 못하게 가슴을 두 손으로 짓눌러가며 컥컥 울었다. 장례식장에 즐비한 조화들. 문상객들의 모습은 나를 찾는 손님이 숫자를 보태지 않아도 전혀 표도 나지 않았다.

내가 미안해하는 것은 나의 무능을 들켰기 때문이다. 고고한 척, 잘난 척하던 나의 인간성이 단박에 드러났다. 대소가 가족들 앞에서 참으로 부끄럽다. 내가 낳은 자식들한테도 민망하긴 마찬가지다. 나는 그동안 매정했다. 인정머리라곤 없었다. 지탄받아 마땅하다. 그러고 보니 나는 친정아버지 부음도 친정동생의 부음도 아무에게도 알리지 않았다.

나의 이런 마음을 알아차렸을까. 단지 어느 단체 명단에 이름이 있다는 이유 하나만으로 일면식도 없는 사람들이 내게 청첩장을 우편으로 보내온다. 그의 자식은 어디 갔던지 그 장본인이 결혼했는지도 모르는 사람들이다. 잠시 갸우뚱거리며 저울질을 해본다. 얼마나 보낼 곳이 없으면 나 같은 사람에게도 청첩장을 보냈을까. 이름 불러줄 때 꽃이 되자. 얼른 축하의 한 송이 꽃이 된다.

우리나라 우스갯소리에 퇴직하면 경조사 문화 때문에 이민 간다는 말이 있다. 전에 문화부 장관을 지냈던 이어령 선생이 고희가 넘어 시인으로 등단했다. 그분은 문화창출의 일인자다. 어느 일간지에서 그분의 인터뷰 기사를 읽은 적이 있다. 살아오는 동안 후회되거나, 또는 앞으로의 포부 등을 물으니, "그동안 경조사를 챙기지 않고 살았던 것을 후회한다. 앞으로는 꼭 챙길 것이다."라고 했다. 그 어른이 고희(古稀)가 넘어 깨달은 것을 나는 벌써 사람답게 사는 법을 배우니, 또한 다행한 일 아닌가.

> 공자, 가라사대. "예(禮)는 그 사치하기보다는 차라리 검소하여야 하고, 상(喪)은 형식적으로 잘 치르기보다는 차라리 슬퍼하여야 한다."

子曰 禮 與其奢也 寧儉 喪 與其易也 寧戚 - 팔일편

임방이 공자에게 예의 근본에 대하여 물으니 공자께서 하신 말씀이다. 이 시대에 진정한 선비정신은 무엇인가? 장례문화는 사회적인 치레인가, 부모님에 대한 도리인가. 내 아들, 며느리들이 나처럼 의문을 갖기 전 당부하리라. "나의 죽음을 알리지 마라." 여태까지 살면서 국가나 사회에 이바지한 것이 별로 없다. 내가 낳은 아이들 앞에서 곱게 떠나는 것도 나는 벅차다.

옛날의 금잔디

— 여리박빙(如履薄氷)

왜 그 생각을 하지 못했을까.

산기슭, 나는 그곳 시집에서 생활했었다. 그곳은 새색시 활옷을 입고 폐백을 드렸던 집, 두 아이를 낳아 키운 집이기도 하다.

아침마다 새소리를 들었다. 사철 꽃피던 정원풍경은 아름다웠지만, 몸무게가 가장 작게 나가던 시절이기도 했다. 지나고 보니 인동초(忍冬草) 곱게 피어 향기로웠지만, 살던 당시는 하루하루를 살얼음판 밟듯 긴장했던 곳이다.

스스로 이겨내려고 꽃 한 송이 머리에 꽂은 얼빠진 모습으로 얼차려를 했던 곳, 그런저런 생각을 하면 명치끝이 찌르르하다. 어쩜 수묵처럼 번지는 서글픈 기억은 며느리 노릇을 혹독하게 훈련받았던 게 허망해서다. 그런데도 문득문득 사무치도록 그곳에 가보고 싶었다. 누가 가보자고 하지 않아도 혼자라도 몰래 숨어들고 싶던 차였다.

어느 날 해 질 무렵, 남편이 먼저 나섰다. 천근만근 무거운 마음을 끌어안고 오르던 비탈길을 자동차 페달을 밟아 쌩 하니 단숨에 올라간다. 세월이라는 것이 빛바랜 사진 한 장처럼 가벼울 수 있다는 것을 실감한다. 다시 그곳을 찾기까지 30분이면 갈 수 있는 거리를 지척에 두고도 꼭 칠 년이 걸렸다.

집터는 그대로다. 집안이 훤히 들여다보이던 대문과 잔디밭, 커다란 벚나무 밑 꽃창포밭, 연못이 있던 자리와 돌계단은 흔적도 없다. '常樂精(상락정)'이라는 노인요양병원 간판이 오히려 뜨악하게 우리 부부를 쳐다본다.

옛 주인을 내친 빚쟁이가 집을 차지하고 앉아 "당신들은 뉘슈?" 하고 묻는 것만 같다. 수국이 피던 울타리에 돌미나리 자라던 물길을 따라 뒤란으로 올랐다. 그곳은 내가 울적할 때, 푸성귀를 핑계 삼아 오르던 길이다. 미나리아재비 꽃이 피던 곳, 쑥과 냉이가 지천이던 곳, 매화꽃이 피던 곳, 나만 아는 달래와 머위 싹이 나오던 그곳. 치마폭에 가득 나물을 뜯던 곳에 개망초와 엉겅퀴가 비켜서면서 '어디서 많이 보던 아줌마'라고 저희끼리 수런거린다.

'그래, 애들아. 나야. 너희가 없었다면 나는 어쩜 숨이 막혀 죽었을지도 몰라. 너희가 무조건 내 편을 들어줘서 나는 늘 위안이 되었고말고. 그럼, 그래 다 너희 덕분이야.' 마음속으로 인사를 했다.

어둠이 내려앉는다. 불빛이 밝은 병원 창문 안에서 할머니 몇 분이 창밖을 물끄러미 내다본다. 식당도 보이고 운동기구도 보인다. 노인들이 여기저기 누워 있다. 어느 미술관 안에 전시된 그림들처럼 한가롭다. 넓은 강당에 있는 티브이 대형화면에서 가수들이 노래하며 춤추는 모습이 보인다. 그곳의 정경은 마치 TV만 살아있는 것 같다.

나를 아는 어떤 이가 "당신이 살던 집을 절이 인수한 것은 천만다행이다." 중생들이 '정토의 땅'으로 쓰는 것이 바람직하다고 말했었다. 차라리 잘된 일인 것을 알면서도 저며놓은 가슴에 꽃 소금 뿌리듯, 마음 한구석이 아리다.

담장이 없는 병원 밖에 아무도 관심을 두지 않는데, 나는 혼자 웅얼거렸다. "제가 이 집에서 오랫동안 살았어요. 잠시 인사만 하고 나가려고요." 나는 남편의 손을 잡고 풀숲을 걸었다. 추석 무렵, 차례상에 올릴 감을 몇 개 따려면 감나무숲을 헤매도 몇 개 없던 나무에 제법 도토리만 한 땡감이 주렁주렁 매달려 있다.

둘째아이를 낳기 사나흘 전, 뒷밭에서 김장 배추 사백 포기를 캐서 고무 함지박에 이고 종일 오르내리던 뒷마당 솔숲 길. 산후풍으로 고생하였건만 그즈음 뿌려놓은 취나물 몇 줄기가 나 여기 있다는 듯 배춧잎만큼 탐스럽다.

뒤꼍으로 나가던 철망 문을 붙잡고 남편이 한마디 한다. "어! 문은 그대로네!" 아연을 덧씌운 문은 부식하지 않는다고 목소리를 높인다. 내색은 안 했어도 남편도 그곳이 그리웠던 모양이다. 그동안 아무도 그 문으로 드나들지 않았던지 문은 그대로인데 잡목들이 우거져 무성하다. 풍란이 자생하던 곳을 헤치며 "여보, 여기가 더덕밭이었는데 아직도 더덕 덩굴이 휘감고 올라가네!" 말을 하니 더덕꽃이 '당그랑 당그랑' 종을 치며 옛 주인을 환영하는 듯하다.

방망이를 탕탕 치며 빨래를 하고 잿물을 내고 푸새를 하던 수돗가, 몇 줄씩 빨래를 널던 뒷마당, 송홧가루 노랗게 내려앉아 나의 게으름을 타박하던 장독대가 있던 자리, 바람에 바지랑대 흔들리면 개가 놀라 허공을 보고 컹컹 짖어대던 곳을 가늠해보니, 금방이라도 '진돌이'가 꼬리를 흔들며 나올 것 같다.

오골계를 키우던 닭장 뒤 오죽나무는 어느덧 대숲이 되어 노제(路祭)를 지내듯 바람 앞에 상두꾼 소리를 낸다. 나는 곧잘 그곳에 숨어들어 불협화음의 산조 가락을 토해 내곤 했었다. 부추 꽃이 하얗게 피던 밭두둑에 애잔하게 봉숭아꽃이 붉더니… 그 흔적을 찾으려 더듬더듬 내려오는데 훼방꾼 칡넝쿨이 시비다. '여기 지금, 너희 집 아니거든.' 심통을 부리며 내 발을 걸었다.

“꽈당!”

곤두박질쳐 엎어지고 말았다. 남편이 얼른 달려와 손을 내민다. 나는 말했다. “가만, 가만…, 가만히 놔두세요. 잠시만 이대로 있고 싶어요.” 한참을 그렇게 엎드려 있었다. 발끝부터 치밀어 오르는 한의 곡소리를 삼키는데 어둠 속에 달빛이 밝다.

증자가 병을 앓자, 제자들을 불러 말했다. “내 발을 열어 보아라, 내 손을 열어 보아라. ≪시경≫에 ‘전전긍긍하여 깊은 못 가에 서 있는 듯, 얇은 얼음을 밟는 듯하라’고 했으니 이제야 나는 걱정을 면하게 되었구나! 제자들아.”

曾子有疾 召門弟子曰 啓予足 啓予手 詩云 戰戰兢兢 如臨深淵 如履薄氷 而今而後 吾知免夫 小子 – 태백편

남편의 부모님과 20여 년 동안 머물던 집, 깊은 연못가에 다다른 듯, 살얼음을 밟고 서 있는 듯, 그 어렵고 조심스러워 전전긍긍하던 시집의 울안이었다. 나는 그곳에서 아무 눈치도 안 받고 당당하게 남편의 등에 업혔다. 깨진 무릎에서 붉은 봉숭아꽃이 송이송이 피어나고 있다.

그 꽃향기, 코끝이 싸하다. 박하 향처럼 시원하다.

아리랑 동동

— 무우영귀(舞雩詠歸)

월요일 저녁은 아버님을 모시고 식사하는 날이다. 아버님은 십여 년 전 어머님을 먼 곳으로 보내드리고 형님댁에 계신다. 부부가 투닥거리고 싸우다가도 월요일은 휴전한다. 혹여 아버님께 불편한 마음을 들키지 않으려고 한다.

아버님은 "에미야, 네가 집에서 끓이는 된장도 맛이 있다."고 하시지만, 나도 핑곗김에 아궁이에 불 지피지 않고 밥을 얻어먹으니 아버님 덕분에 맛집을 찾아다니는 재미가 쏠쏠하다.

아버님은 조실부모하셨다. 형제간도 없으시다. 한 번도 아버지 어머니를 뵙지 못했다고 한다. 당신께서는 자신이 "누구를 닮았는지 모른다."고 하셨다. 낳아주신 부모님이 보고 싶으면 거울을 보며 자신의 얼굴에서 "부모님의 모습을 찾으신다."고 하셨다.

워낙 깔끔하신 터라 늘 말쑥하시다. 누구의 도움도 받고 자라지 않았기 때문에 건강이면 건강, 자세면 자세, 옷매무시면 매무시, 어느 것 하나 흐트러짐 없이 자신의 관리가 철저하시다. 머리카락 한 올 눈물 콧물 따위가 품위를 손상하는 일은 결코 없으시다. 정장과 중절모 구두가 방금 패션 잡지 촬영을 마친 모델 모습이다.

어머님은 영국신사 같은 아버님을 못마땅해하셨다. 늘 그 수려한 외모로 손수 자신을 챙기시니 어머님의 관심이 들어설 틈이 없으셨다. 여자로서 많이 서운해 하셨다. 대소가 가족모임이 있는 날은 아이들이 먼저 말한다. "아~ 기대가 되는데요. 우리 할아버지께서 오늘은 어떤 넥타이를 매고 나오실까?" 아버님은 우리 집 남성들의 롤모델이시다.

나는 어른들과 함께 사는 동안, 아버님이 말씀하시는 것을 별로 본 적이 없다. 주로 식사시간에 어머님이 말씀하시고 아버님은 들으시는 편이다. 아버님은 일본 방송이나 다큐멘터리프로그램을 주로 보셨다. 그러나 어머님이 안 계시면 아버님은 말씀이 많으시다. 우리나라 정세뿐 아니라 세계지리나 종교 인종 시사나 어려운 외래어의 지명 인명을 말씀하실 때는 전문가 수준이시다.

그중에 빠질 수 없는 단골 메뉴는 일본이다. 지금도 모국어 수준으로 술술 일본어로 말씀하신다. 말에는 정신도 담겨 있으니 생각마저 일본식이다. 일상을 말씀하시다가도 검소와 근면 정직과 질서의 마무리는 제일 국민 일본으로 끝내신다. 아들 손자며느리는 그 점이 마음에 들지 않지만, 아버님을 뵈면서 일제강점기의 세뇌교육이 얼마나 무서운 것인지 실감한다. 비단 우리 아버님뿐만은 아닐 것이다. 도대체 아버님은 어느 나라 분이신가. 발 빠른 스마트폰 시대를 따를 수 없으니, 거의 1세기에 가까운 지나간 과거를 고향처럼 붙잡고 계시기 때문이다.

어디 일본에만 머무는가. "에, 또, 소위 말해서…" '소위 말해서'가 들어가면 경제개발 5개년계획으로 새로운 대한민국을 또 건설하신다. 이럴 때 잠시 자식이나 며느리 역할은 잊고, 유신이 어떻고 장기집권이 어떻고 하면서 아버님의 활기찬 모습에 찬물을 끼얹지 않아야 한다. 아버님은 결코, 청와대나 국회 근처에는 가보신 적도, 또 앞으로 진출할 계획도 전혀 없으신 분이다.

그뿐인가. 천막당사의 여인이었던 이름을 함부로 부르면 안 된다. '그분'이라고 표현하신다. 간혹 지긋이 눈앞에 있는 듯 '근혜양'이라고도 하신다. 마치 당신께서 키워낸 따님같이 기특해하신다. 그분은 정녕, 정치하는 한, 무조건 사랑 우리 아버님 같은 분들의 응원을 절대 잊어서는 안 된다. 매번 하고 싶은 말씀은 많고 저녁식사시간은 짧으니 사레가 걸리시거나 목소리가 쉬기 일쑤다.

우리 아버님의 특징은 자식들의 생활이나 손자들 근황을 먼저 묻지 않으신다. 명절이나 제사 생신 등 행사가 있어 모여도 인사만 받으실 뿐, 얼른 방으로 들어가신다. 그 누구도 아버님 외에 다른 사람이 둘러앉은 자리의 주인공이 되는 것을 달가워하지 않으신다. 일부러 아이들 이야기를 꺼내면 단답형으로 "알았다."로 간단하게 끝내신다. 때론, 서운하다. 그러나 아버님 삶의 방식이다.

예전에 공자가 제자 서넛과 둘러앉아 "내가 나이가 많다고 해서 거북하게 생각하지 말고 어디 꿈들을 이야기해 보라."고 하니, 씩씩한 자로는 국방부 장관쯤을 하고 싶다고 한다. 공자님이 마뜩잖은 미소를 지으니, 염구는 조금 낮추는 척 복지부쯤 맡고 싶다고 하고, 공서화는 예를 갖추는 문화부 정도를 맡고 싶다고 한다. 꿈이 작은 듯 제각각 큰 뜻을 말한다. 곁에서 유유자적 거문고를 뜯고 있던 노련한 증점이 "뎅그렁!~" 거문고를 내려놓으며, 불편한 심기를 드러낸다.

"선생님, 저는 저들과는 다릅니다."

> "늦봄에 봄옷이 마련되면 갓을 쓴 어른 5~6명과 동자 6~7명과 함께 기수에서 목욕하고 무우에서 바람 쐬고 노래하면서 돌아오겠습니다."

莫春者 春服 旣成 冠者五六人 童者六七人 浴乎沂 風乎舞雩 詠而歸

– 자한편

공자님께서 "아~! 나도 그러고 싶다."고 탄복을 하신다.

늦은 봄이면 두꺼운 옷은 벗어도 되는 계절에 얇은 덧옷을 입는 예(禮)가 예사롭지 않다. 격을 갖추는 삶이다. 할아버지 아버지 아들 손자가 대를 이어 가문을 잇고 전승하는 유학적 삶이다. 어떤 이는 명예나 부에 큰 가치를 두기도 하지만 어떤 이는 가족과 함께하는 소시민의 소박한 일상을 꿈꾸기도 한다.

아버님과 외식하고 둥근 달을 바라보며 집으로 돌아오는 날들이 우리 부부에게 앞으로 얼마나 남았을까. 매주 월요일은 아버님과 함께 '아리랑 동동♬'을 부르는 '무우영귀'의 시간이다.

그 뿐이라

—이단 야이(異端 也已)

친구들이 있다. 처음 직장 초년생들 시절에 해외여행을 간다고 돈을 모으기 시작한 모임이다. 돈은 쌓여가고, 각자의 사정을 고려하다 보니 해외는 고사하고 국내여행도 날짜 맞추기가 힘들다. 그 동안 목돈을 두 번 나눠 가졌다. 돈을 모으려고 계를 하는 것은 아니었다. 목적은 여행이다.

아버님은 내가 시집왔을 때, 해마다 서너 번씩 여행을 다니셨다. 아들 친구들을 안타깝게 여기시며 "여행은 그렇게 돈 모아서 가는 것이 아니다. 대출받아 다녀와서 갚는 거다." 조언을 해주셨다.

왕년에 아버님은 로터리클럽, 서로 산악회, 대동계, 참전용사회 등등 거의 일주일에 한번 정도 모임이 있었다. 모임 회원이 몇십 명씩이고 부부동반으로 해외여행도 자주 다니셨다. 세계 곳곳 먼나라 이웃나라 가벼운 발걸음, 자동차, 비행기… 종횡무진으로 활동하셨다. 때론 2세 모임, 3세 모임이라 하여 아들 손자며느리까지 따라가는 모임도 있었다.

올해 아버님의 연세는 구순이시다. 여행이 어렵다. 그 많던 친구분들이 얼추 거의 다른 세상으로 가셨다. 어머님도 먼저 가셨다. 매주 월요일은 아버님과 식사하는 날이다. 낮에 고기 종류를 드셨으면 저녁은 가벼운 것으로 하고, 가벼운 걸 드셨으면 저녁에 조금 낫게 대접한다. 오늘 낮에는 곗날이라 장어구이를 드셨다고 한다. 달포 전쯤에도 계를 하셨는데 오늘 또 하셨느냐고 여쭤봤다.

낮에 모였던 모임의 회장은 아버님이고 친구분은 총무이시다. 몇십 명씩 되던 회원 중에 단 두 분이 달마다 정기적으로 만나신다. 그런데 지난달부터 한 달에 두 번씩 만나기로 하셨다며, "그래도 이제 몇 번 안 남은기라." 정해진 날짜에 나가 봐서 "안 나오면 그뿐이라."고 하신다.

아버님 말씀처럼 어느 자식이 살뜰하게 아버님 친구분에게 부고(訃告)를 내겠는가. 아니, 부음을 알릴 친구라도 그때까지 생존해 계시면 그것도 복이다. 더구나 본래 친구의 부고는 내지 않고 친구의 문상도 하지 않는 거라고 말씀하신다.

아버님의 모임장소는 장어구이 집이다. 전에는 아버님 친구분이

하시던 장어집을 며느리가 전수받아 하신단다. 아버님이 왕성하던 시절에는 고정적으로 다달이 모였으나 그분들이 한 분 두 분 돌아가셨으니 손님이 없다고 하셨다. 당연히 식당도 문을 닫아야 하지만, 두 어른이 옛날이라고 꼭꼭 찾으시니 어쩌랴. 예약하는 손님이 있을 때만 연다고 한다. 지금 그 며느님도 내놓으라 하는 자산가다. 두 분이 가셔서 장어구이를 잡숫고 나서 부산의 새로운 명소를 방문하신다. 새로 건설한 남항대교도 다녀오시고, 장소를 옮겨 새로 지은 해운대역을 다녀오신다. 우리 대소가 가족 중에 새로운 곳을 아버님이 가장 먼저 지신밟기를 하신다.

남편의 고등학교 동기 모임이 있다. 색연필 한 다스처럼 저마다 빛깔이 달라 더 알록달록하다. 부부동반이기에 다 모이면 24명이다. 분기별로 만나 여행도 하고 경조사도 들여다본다. 그전의 아버님처럼 가장 활발한 시기다. 자녀들 혼사가 있고 연로하신 부모님들이 계시다. 친구들의 구성원이 비교적 참하다. 이순(耳順)이 코앞이지만, 아직 너 때문에 못 살겠다고 갈라선 부부도, 너 없이는 못 살겠다고 재혼한 부부도 없다. 외기러기 없이 성격이 둥글둥글 모두 원만하다.

그런데 느닷없이 누군가 탈퇴의사를 밝히면서 냉큼 회비를 정산했다. 그러니 또 한 친구가 나도 나가겠다고 나선다. 문제는 대내외적으로 그들이 가장 번듯한 분들이다. 틈은 틈인데, 무슨 틈인지 금세 숭숭 바람이 든다. 몇몇이 그럼, 이참에 나도…, 흔들리고 있다. 준회원격인 내가 봐도 안타깝다. 남자들은 예로부터 지켜온 '붕우유신(朋友有信)'이라는 것이 있다. 삼십년지기 관포지교(管鮑之交)의 우정이다. 나를 낳아준 이는 부모지만 나를 알아주는 자는 친구다. 앞으로 삼십 년 후에는 친구가 살아있는 것만으로도 소중하다.

나의 남편은 동기회 초대회장이다. 동기들이 어느 그룹 총수처럼 '왕회장'이라고 불러준다. 그날도 주말마다 등산하고 월말마다 식사하는 친구가 폭탄 발언을 했다며 언짢아했다. "여보, 한 명, 두 명, 다 나가도 당신은 자리를 지키세요." 왕회장은 살아 있는 한 친구들을 싸안고 가야 한다며, 맨 나중에 아무도 없으면 내가 당신을 지켜줄 것이라는 지키지도 못할 맹세서약을 했다. 이제 어디 가서 고교동창처럼 편안한 친구를 다시 얻을 수가 있을까. 이 허물 저 허물, 정학, 퇴학의 추억도 자산이다. 우리 아버님처럼 어머님이 먼저 가셔도 결국 친구 둘이 남아 계를 할 수 있는 것이 친구다.

나는 남편 친구들 '밴드 모임'에 들어가 글을 남겼다. 아버님 이야기를 짧게 한 후에 '30년 후, 다음 달 나오지 않으면 병들지 않았으면 죽은 거다.' 그것이 인생이다. '우리가 같이 잘 놀아야 할 이유이다.'라고. "내가 만약 먼저 가고 없더라도 우리 신랑 잘 챙겨주세요."라는 호소문을 올렸다. 그때, 다른 어느 부인도 내 말에 댓글을 달았다. "우리 남편도 챙겨주세요." "나도 잘 부탁합니다." 장난처럼 줄지어 도원결의하였다.

> 공자, 가라사대. "이단을 전공하면 해로울 뿐이니라."
> 子曰 攻乎異端 斯害也已 - 위정편

이단(異端), 이단이라. 생각이 달라 모임에서 나간다고 이단으로까지 분류하는 야박함은 그만큼 서운하다는 말이다. 친구 사이에 더하기 빼기가 왜 필요한가. 영화 ≪친구≫에서 말하듯, "우리는 친구아이가!" 바로 의리다. 서로 다른 마음을 아우르고 함께 할 때 먼 길을 동행할 수 있다. 그렇게 함께 걸어도, 날마다 세월 앞에 인생을 감가상각 당한다. 그러나 그마저 가버리면 또 그뿐이라.

원숭이 똥구멍

— 다재다능(多才多能)

공자의 아버지는 세 살 때 돌아가셨다. 어머니는 스무 살즈음에 돌아가셨다. 누이 아홉에 지능이 부족하면서 다리까지 아픈 형이 하나 있었다. 생활이 오죽했을까. 산전수전 공중전 다 겪고 먹고 살려고 안 해본 일이 없었을 것이다. 그런 어려운 환경의 공자가 재상이 되어 제자들을 거느리고 다니니, 세간의 사람들이 눈꼴이 시었을 것이다.

공자를 마뜩잖게 여기는 어느 대부가 "너희 선생님은 성인(聖人)이시다. 그렇지 않고서야 어찌 그리 다재다능하냐?"라고 비아냥거린다. 그런데 공자의 제자 자공은 그 말을 곧이곧대로 듣고 "우리 선생님은 하늘이 내신 성인이시라, 모르는 것, 못 하는 것이 없으시다."며 어깨에 힘을 준다. 공자가 그 말을 전해 듣고서 "그가 나를 진정으로 아는 사람이로구나."

> "나는 소싯적에 미천했던 까닭으로 천한 일을 많이 했다. 군자는 재주가 많아야 하는가. 많지 않아도 된다."
>
> 吾少也 賤故 多能鄙事 君子 多乎哉 不多也 - 자한편

어느 집단에서건 미천했던 사람이 번듯하게 높이 오르는 것을 보아내지 못한다. 큰 나무 밑에서 삼삼오오 짝을 지어 노래한다. "원숭이 똥구멍은 빨개♫" 올라가던 사람은 적나라한 빨강 색이 부끄러워 죽을 노릇이다. 불편하다. 내려오자니 다시는 우물 안 개구리로 돌아가고 싶지 않다. 밑에서는 나무를 마구 흔든다. 물속으로 떨어지는 것보다 외톨이가 되는 것이 더 두렵다. 매달려 있는 손과 발에 더 힘을 준다.

나는 병신(丙申)년 원숭이해에 태어났다. 별나라에 얼굴이 열한 개 달린 보살이 있었다고 한다. 모든 신의 이야기에 귀 기울이고 비위를 맞추다가, 하나의 신에게 지나치게 집중을 하는 바람에 그만 다른 신들의 이야기를 놓쳐버렸다. 그 벌로 인간 세상에 내려와 수만 수억 개의 얼굴들에 각각 맞는 얼굴로 기쁨을 주라는 명령을 받은 보살이 바로 원숭이 신(申)이라고 들었다. 원숭이는 재주를

부려야 사람들이 쳐다본다.

나는 힘들 때마다 좌절을 잘 이겨내는 편이다. 잔나비띠에 태어난 팔자거니 여긴다. 끌어줄 줄이 없으니, 손톱 밑이 아리도록 더 분발한다. 어느 날 나의 벗 미카엘라가 위로했다. 치부가 보이지 않는 곳까지 "더 높이 올라가라." 놀리는 사람들의 시선에서 멀어지면 손가락질 따위는 없다고. 간혹 진땀이 나는 건, 어중간한 위치에 매달려 있기 때문이라고 했다.

어느 집 가장이 보낸 사연을 라디오에서 들은 적이 있다. 그는 손에 기름때를 묻히는 일을 한다. 종일 힘들게 일하고 집에 들어가면 아내는 "어서, 씻어요." 찬바람을 일으키고 아이들은 "아빠, 가까이 오지 마!"라며 따돌린다. 혼자 수돗가에 앉아 씻는데 부아가 치민다. 그때 한 번도 생각해 보지 않은, 생각하기조차도 싫었던 아버지가 떠올랐다. 콸콸 수돗물을 세게 틀어놓고 꺼이꺼이 통곡을 한다.

그의 아버지는 동네 막일꾼이었다. 부쳐 먹을 땅이 없으니 이 집 저 집 남의 논밭에서 품팔이한다. 그것도 없는 날은 마을의 허드레 잡일을 도맡아야 한다. 그중 우물을 치는 날이 있다. 검푸른 우물 안에 양 가랑이를 벌리고 한 발 한 발 맨발로 이끼 낀 돌을 밟고 내려가, 바닥에 크고 납작한 돌을 양동이에 담아주는 일이다. 꺼낸 돌멩이를 아낙들이 수세미로 싹싹 씻어 내려주면 다시 간격을 띄워 제자리를 찾아 놓는다. 운수 좋은 날은 10환짜리 동전이나 새댁이 빠뜨린 가락지의 횡재도 있었지만, 컴컴한 우물 속에 어찌 깨끗한 샘물과 거름 돌만 있었을까. 때론, 흘려버린 아기도, 목매어 죽은 처녀도 건져 올리는 일이다. 아무나 할 수 있는 일이 아니다. 사람이 하는 일이 아니고, 그 일에 익숙한 무지(無知)의 몸이 하는 일이다. 어느 날, 동네 사람들이 빙 들러선 자리에서 기력이 쇠한 아비가 못 들어가겠다고 말하니, 사람들이 윽박지른다. "네가 아니면 누가 들어가겠느냐?" 그때 아비는 비굴한 눈빛으로 열두 살짜리 아들을 바라봤다. 같은 반 친구 꽃순이가 보는 앞에서였다.

그날, 우물에서 기어 나온 아들은 아버지를 노려보며 "아버지, 싫어!"로 시작해 차마 입에 담지 못할 욕을 내뱉고는 고향을 떠나왔다. 그날 이후 아버지를 잊어버린 게 아니라, 부자지간의 천륜을 우물 속에 던져 버렸다는 사연이다.

내 수업을 듣던 분들이 눈이 벌게지며 훌쩍인다. 잠시 쉬어 분위기를 가라앉히고 "논어가 어려운가요? 그냥 우리 사는 이야기입니다." 나는 스마트폰으로 검색하여 서정주 선생의 시 한 편을 소리 내 읽었다.

애비는 종이었다/ 밤이 깊어도 오지 않았다/ 파뿌리같이 늙은 할머니와 대추꽃이 한 주 서 있을 뿐이었다/ 어매는 달을 두고 풋살구가 꼭 하나만 먹고 싶다 하였으나…/ 흙으로 바람벽 한 호롱불 밑에/ 손톱이 까만 에미의 아들/ 갑오년이라든가 바다에 나가서는 돌아오지 않는다 하는/ 외할아버지의 숱 많은 머리털과/ 그 커다란 눈이 나를 닮았다 한다

스물세 해 동안 나를 키운 건 팔 할이 바람이다/ 세상은 가도 가도 부끄럽기만 하더라/ 어떤 이는 내 눈에서 죄인을 읽고 가고/ 어떤 이는 내 입에서 천치를 읽고 가나/ 나는 아무것도 뉘우치지 않을란다

찬란히 타오르는 어느 아침에도/ 이마 위에 얹힌 시의 이슬에는/ 몇 방울의 피가 언제나 섞여 있어/ 볕이거나 그늘이고 나 혓바닥 늘어뜨린/ 병든 수캐처럼 헐떡거리며 나는 왔다

– <자화상> 서정주

유복했던 어린 날을 자랑하는 사람들이 있다. 어제 내린 하얀 눈은 오늘 내 앞길을 질척하게 할 뿐이다. 성인이신 공자도, 라디오 사연 속의 사내도, 서정주의 시 자화상 속의 아비도, 나를 전혀 돌보지 않았던 나의 아버지도 다 다재다능한 사람이었을 것이다. 오르지 못할 나무는 쳐다보지 말라고 했던가. 나는 이제 원숭이가 아닌 인격(人格)을 갖춘 사람이 되고 싶다.

가까이하기엔 너무나 먼 당신

— 원지즉원(遠之則怨)

K선생은 느닷없이 퇴직을 하겠다고 나선다. 아직 정년이 몇 년이나 남았다. 그동안 다니던 직장이 적성에 맞지 않는다고 한다. 어제는 저것 하겠다 해 놓고, 오늘은 또 이것 한다고 '카더라'통신이다. 가슴을 펑 뚫고 싶다. 강원도 봉평으로 차를 몰았다. 고속도로를 쌩쌩 달렸다. 운전하면서 K선생에게 냅다 소리를 질렀다. "어리광 좀 그만 부리세요."

"농사~'나'? 농사를 지으시겠다." '농사'는 전문직이다. 샌님이 뭘 할 줄 알아서 지게를 지어봤나, 두엄을 날라봤나. 가래를 알아, 써레를 알아. 힘이 온전한 것 같아도 50살이면 50%밖에 남아있지 않다. 사실 K선생은 파하고 보리도 구분할 줄 모르는 전형적인 도시 사람으로 숙맥이다. 씨 뿌리고 거두는 철을 모르니 당연히 철부지(節不知)다. 농사란 열흘만 한눈팔면 논밭이 온통 풀섶이라고 엄포를 쏘니 그럼 과수농사를 짓겠단다. "당신이 복숭아꽃을 알아요, 살구꽃을 알아요?" 다그치니, 그런 건 문학하는 사람들끼리 꽃타령이지, 봄에 꽃 피면 열매는 맺게 되어 있다고 반박한다. 팔랑팔랑 K선생은 팔랑귀가 되어버렸다.

생각할수록 약이 오른다. 혼자 잘할 수 있다고 큰소리치지만, 하루 이틀이야 해방된 기분일 수 있다. 가족이 찾아가지 않으면 나중에 앉을 자리는 고사하고 설 자리도 없을 것이다. 그에게는 송곳 꽂을 땅도 없다. 선산이 있어 고향에 묻힐래, 어머니가 계서 노모 봉양한답시고 곁에서 밥술이나 얻어 먹을래! 퍼부었지만, 사실은 나 자신에게 화가 나는 것이다. 나는 아직, 구체적으로 은퇴를 준비하지 못했다.

반쯤 풀린 퀭한 눈길로 컴퓨터 앞에서 배가 고픈지 아내가 고픈지, 문지기의 애달픈 눈길이 부담스럽다. "젊은 남자하고 살아 너는 좋겠다." 친구들이 나에게 하던 말이다. 여자의 치마폭이 아무리 넓다 한들 나는 남편의 누이도 어미도 아니다.

운전석 앞 와이퍼가 빠르게 움직인다. 내 마음을 대신해서 비가 퍼붓는다. 라디오에서 "아무래도 난 떠나가야겠어~♬" '서울 이곳'이라는 노래가 흘러나온다. K선생은 고향에서만 살아왔다. 낯선 땅, 낯선 사람들 속에서 버터 사는 사람들의 심정을 모른다. 나는 삼십 년 전에 원앙금침을 싣고 따뜻한 남쪽 나라 부산에 왔지만, 시집동네라는 곳이 목화솜처럼 푸근하고 따뜻한 곳은 결코 아니다. 여태까지 살아오면서 내색은 안 했어도, 때론 나도 부모 형제 친구들과 지내던 고향이 그립다.

K선생은 희망의 나라로 노를 젓고 있다. 지금 그의 배는 만선이다. 무게중심이 균형감각을 지키지 못하면 침몰한다. 오늘은 남해로 떠났다. 무너졌던 창선다리 밑에서 홀로 아리랑을 부르는 옛친구와 '무너진 사랑탑'을 부르고 있을 것이다. K선생, 그가 인생의 기초를 세우던 서른즈음에는 잃을 것이 없었다. 빈 배에 근육과 의욕이 충만한 시절이었으니 민어든 조기든 희망을 건져 올릴 수가 있었다. 지금 이순(耳順)을 바라보는 그는 뱃살이 두둑하고, 머리카락은 엉성하며 팔뚝과 정강이는 마른 장작과 같다. 인생은 공수래공수거(空手來空手去)라고 하지만, 어찌 일부러 순항하는 배를 뒤집으려 할까.

배 이야기를 하니 어느 분이 크루즈 타고 세계여행 떠나느냐고 묻는다. 크루즈가 아니고 뗏목을 타고 떠나자고 한다. 내가 왜? 무슨 죄를 지었다고 천형을 받을까. 천지 사방 아무도 없는 망망대해에서 양푼이 하나에 숟가락 두 개로 거센 파도에 노를 젓겠는가.

펄쩍 뛰는 나의 반응에 K선생은 오히려 사랑이 식었다고 서운해하는 기색이다. 나는 이제 사랑의 독(毒)을 마시는 청춘의 줄리엣이 아니다. 낭만으로만 '노인과 바다'를 꿈꿀 수 없다. 장작불에 활활 잘 태워진 열정의 몸뚱어리도 아닌데…, 내 어찌 스스로 수장(水葬)을 택할까.

이제 우리 부부가 할 일은 스스로 복지선택을 잘하여 평화롭게 노니는 일이다. 아이들 앞에서 석양에 나란히 손잡고 걷는 모습이다. 물건을 소유하는 것처럼 인간을 소유할 수는 없다. 가만히 보니 세상 사람들로부터 나를 빼돌리자는 심산이다. 단언컨대, 나는 K선생 그대가 질투할만한 여자가 아니다. 가장이라는 대들보가 흔들리면 주춧돌인들 온전하게 제자리를 지킬까. 다 제 살 궁리에 기둥뿌리 서까래도 삐걱거린다.

공자, 가라사대. "여자와 소인은 가까이하면 공손하지 않고 멀리하면 원망한다."

子曰, 唯女子與小人 爲難養也 近之則不孫 遠之則怨 - 양화편

일본 영화감독 다케시는 "가족은 아무도 보는 사람이 없으면 갖다버리고 싶은 존재"라고 했다. 한 집안의 가장에게 아내와 아이가

얼마나 부담스러운 존재인가 짐작하게 하는 말이다. 현직에 있는 사람이 그럴진대, 퇴직 후 남자들은 잔소리하는 아내에게 "이쯤에서 차라리 죽어줬으면 좋겠다."라고 한단다. 다행히도 나는 요절할 나이는 이미 지났다.

이쯤에서 나도 K선생처럼 '적성'을 찾고 싶다. 나의 남편은 내가 글 쓰는 것을 그다지 달갑게 여기지 않는다. 더구나 큰 이름 논어라니 미리부터 걱정이다. "제발~" 논어로 수필을 쓰지 말라고 말린다. 차라리 논어설명서를 써 책을 팔라고 종용한다. 설명서 책은 이미 서점에 많다. 그리고 학술 서적은 박학한 학자(學者)들께서 쓰실 일이다. 지나치게 솔직하여 부담스러운 글을 누가 읽겠느냐며 나무란다. 내가 내 적성대로 글을 쓰겠다는데 무슨 상관이란 말인가.

훗날, 그녀가 신고 다녔던 '댓돌 위의 하얀 고무신' 위로 따뜻한 햇볕이나 담뿍 스며들었으면 좋겠다.

지나가는 바람이 소곤거린다.

"그 여자, 뭐 하던 여자야?"

"아마, 글 쓰는 여자였다나 봐!"